藍小說 ⑨①⑨

村上春樹作品集

迴轉木馬的終端

村上春樹著　賴明珠譯

迴轉木馬的終端

〈前言〉

迴轉木馬的終端

村上春樹

要把收在這裡的幾篇文章稱爲小說，我多少覺得有點抗拒，說得明白一點，在正確的意義上這些並非小說。

我在寫小說的時候，總會把所有現實上的原料——假定有這樣的東西的話——先全部放進一個大鍋子裡，溶解成辨認不出原形爲止，然後才把那揪些出來捏成適當的形狀來用。所謂小說，或多或少都是這樣的東西。所謂眞實性也是這樣的東西。麵包店的眞實性存在於麵包裡，並不存在於麵粉裡。

然而收集在這裡的文章，原則上即是事實。我從很多人聽到各式各樣的事情，把那些寫成文章。當然我爲了不給當事人添麻煩，所以都把細部做了各種調整，雖然不能完全算是事實，然而情節的概要則是事實。既沒有刻意誇張使事情變得有趣，也沒有添加什麼。我努力把我所聽到的，盡量不破壞原有氣氛地反映在文章裡。

一連串這類的文章——假定稱爲素描吧——剛開始我本來是爲了要寫長篇小說，預先暖身而作的。因爲我忽然想到如果把事實盡量照事實的原樣整理起來，這種作業對往後準備做什麼時或許會有用處。所以最初的階段，我完全沒有打算把這素描變成活字。這些東西信筆寫了，便丟進書房的桌子裡，準備讓它們和其他無數片段性的文章遭遇同樣的命運。

然而在三篇、四篇連寫下來之後，我開始感覺這每一篇都似乎具有一個共通點。那就是他們都「想要被說出來」。那對我來說是一種非常奇妙的體驗。

比方我在寫小說的時候，總會在潛意識之下，順著自己的風格和小說展開的方式，選擇可以當做題材的片段。然而因爲我的小說和我的現實生活，並不是樣樣細節都完全一致的（這麼說來，我自己和我的現實生活也都並非完全一致），我心裡總是積存了一些在小說裡沒用完的，像是沉澱似的東西。我用來素描的，就是這些像沉澱似的東西。而這些沉澱一直繼續在我意識的底層，靜靜等待有朝一日藉著某種形式被講出來的機會能夠來臨。

像這樣各色各樣的沉澱，之所以會積存起來的原因之一，我想是因爲我喜歡聽別人講話。坦白說，我對聽別人的事情，遠比講自己的事情喜歡得多。此外，我想或許我有一種從別人的談話中，找出趣味性來的才能吧。事實上，我感覺得出大部分人所談的事情，都比我自己的事情有趣得多。而且與其特殊的人的特殊的事，不如平凡的人的平凡的事來得有趣得多。

這種能力——聽別人的事，能夠聽出趣味來的能力——說起來在具體上並沒有什麼用處。我這幾年雖然都在寫小說，但就連做一個小說家，這種能力派上用場的經驗，都還一次也沒有過。或許曾經有過幾次，但至少我並不記得。只是別人講，我傾聽，並把這些話題積存在我心裡而已。

如果要說這樣的能力，對我身爲小說家的特質，多少有一點貢獻的話，我想大概只是使我能夠稍微養成某種忍耐力吧。我想趣味性這東西，或許需要透過所謂忍耐力這種濾色鏡，才能夠表現出來。而且所謂小說的文章這東西，多半也是在那樣的位相上成立的。所謂趣味性這東西，並不是水龍頭一扭開，就能注滿一杯，端出來說：嗨，請用！之類的東西。有時候甚至需要做祈雨之舞呢。不過這些和本文的宗旨無關，還是言歸正傳吧。

很多人所講的話題，都沒派上用場，一直積存在我心裡。這些東西沒地方去。就像夜晚的雪一樣，只是靜靜地越積越深。這是大多數喜歡聽別人講話的人共同的痛苦。基督教牧師可以把人們的告白，交給所謂上天這個大組織，而我們卻沒有那麼方便的對象。除了抱在自己體內繼續活下去之外，別無其他路子可走。

麥克卡勒斯(Carson McCullers)的小說中，有一個安靜的啞巴青年登場。任何人向他說什麼，他都親切地傾聽，有時同情，有時一起歡喜。大家好像被拉近來似的，全聚集到他身邊，向他坦開心胸做各式各樣的告白。然而最後這青年卻了結了自己的生命。於是人們才發現，大家都把自己所有一切的問題全推給他，卻沒有一個人去紓解他的情感。

雖然這麼說，當然我並不是在把自己和那位啞巴青年的形象重疊在一起。我自然也曾經向別人述說過自己的事，而且也在寫文章。不過雖然如此，所謂沉澱這東西確實依然積存在我體內。我想說的只不過是這一點。

因此當我暫時放棄小說這形式的時候，極自然地，這類一連串的原料，便浮到我意識的水面上來。對我來說，這些素描的原料，感覺上好像是一群無依無靠的孤兒一樣。他們一直沒有被任何小說或任何文章編進去過，只是繼續在我體內靜靜地沉睡著。一想到這裡，我心裡總是耿耿於懷，不太舒坦。

不過如果要說，把這些原料化成文章，我心情就能夠多少輕鬆一些，那倒也不然。這點就算為了維護我自己微不足道的名譽，也必須聲明在先的。我並不是為了讓自己覺得輕鬆才把這些素描寫出來，向世人發表。就像一開始已經說過的一樣，他們想要被講出來。而我則感覺到了這一點。至於我本身的精神是否被解放了，和這完全是兩回事。至少到目前為止還完全看不到我的精神因為寫了這些文章，而得到解放的任何徵候。

自我表現對精神解放有幫助的想法，是一種迷信，就算善意地說，也只能算是神話。至少藉著文章做自我表現是無法解放任何人的精神的。如果有人懷著這樣的目的而有志於自我表現的話，那麼最好還是停止為妙。自我表現只能讓精神細分化，這是什麼地方也到不了的。就算感覺上好像到達了什麼地方，那也是錯覺。人是因為不寫實在受不了才寫的。寫東西本身既沒有什麼效用，也沒有什麼附隨而來的救援。

因此沉澱依然還是沉澱繼續留在我的體內。也許有一天我會把那變成完全不同形式的東西，組合進新的小說裡去。也許不會。如果不會的話，那麼這些沉澱或許就會一直被封閉在我體內，而終於消失在黑暗中吧。

目前我除了把那些沉澱以這種形式的素描整理出來之外，別無其他辦法。這是不是正確的作業？我也不知道。如果有人問起是否應該把他們寫成眞正的小說？我也只能聳聳肩，並且引用某一位殺人犯的主張「所有的行爲皆是善行」而已了。對我來說，這種原料，只能以這種風格整理出來，除此之外，就沒有其他應該採取的辦法了。

我之所以稱呼收在這裡的文章爲「素描」，是因爲他們既非小說，也非非小說(nonfiction)。原料總歸是事實，容器總歸是小說。如果每一個話題之中，有什麼奇怪的地方或者不自然的地方，那是因爲那是事實的關係。如果讀起來不怎麼需要太多忍耐的話，那是因爲那是小說的關係。

聽別人的事情聽得越多，而且透過這些事情，窺視人們的生活越多，我們越會被一種無力感所捕捉。所謂沉澱就是有關那種無力感。「我們哪兒也去不了」則是這無力感的本質。我們雖然擁有能夠容納我們自身的所謂我們的人生這種運行系統，然而這系統同時也規定了我們自己。這就很像迴轉木馬。它只在固定的場所，以固定的速度巡迴轉動著而已。什麼地方也去不了，既下不來，也不能轉車。既不能超越別人，也不會被別人超越。不過雖然如此，我們依然在這樣的迴轉木馬上，看起來彷彿朝著假想的敵人，拚命往終端展開猛烈的衝刺似的。

所謂事實這東西，有時候會反映出既奇怪又不自然的樣子，或許就是因爲這緣故吧。我們稱之爲意志的某種內在的力量中，壓倒性多數的部分，都是在發生的同時，便已經喪失了，只是我們卻無法承認這事實，而這空白便在我們人生各色各樣的位相上，帶來奇怪而不自然的歪斜扭曲。

至少我是這麼想的。

迴轉木馬的終端

雷德厚森

我開始想把收錄在這本書裡的一連串類似素描的東西寫出來，是在幾年前的夏天。在那之前我從來沒想過要寫這類的文章，而且，如果她沒有告訴我這件事——而且如果沒問我，這樣的話題能不能做爲小說題材的話——我很可能就不會寫這本書。因此在這層意義上，爲我擦亮火柴的應該說是她。

然而，從她擦亮火柴開始，到那火燃燒到我身上來，倒是花了很長的時間。附在我體內的導火線裡，有某些東西是距離非常長的。有時候太長了，長得甚至超過我自己的行動規範或感情的平均壽命。這麼一來，即使那火好不容易到達我的身體，卻已經看不出那有任何意義了。不過這次的情況，燃燒總算在那限制時間內發生，結果我終於寫出這篇文章。

告訴我這件事的是我妻子過去的同班同學。雖然她和我妻子在學生時代並不特別親密，不過在超過三十歲以後，偶然在一個地方碰巧遇到，由於那次的契機，從此以後兩個人變得經常有往來。有時候我覺得妻子的朋友對丈夫來說並沒有什麼特別奇怪的地方。不過對她我倒從第一次見面開始就有某種好感。以一個女性來說她算是體型高大的，無論身高或體架幾乎都和我差不多。職業是電子琴老師，不過除了工作之外的時間，大多分配在游泳、網球或滑雪，因此肌肉結實，總是曬得很健美。她對各種運動的熱情態度，就算以狂熱來形容都不爲過。每逢放假的日子，她早上跑完晨跑之後，就到附近的溫水游泳池去游泳，下午打兩、三小時網球，然後還做有氧運動。我雖然也算很喜歡運動，不過無論在質方面或量方面，都遠不及她。

然而雖說狂熱，但她絕對不是對各種事情具有病態的、偏狹的或攻擊性的傾向。相反的，她基本上個性很穩定，而且也不會在感情上對別人有什麼壓迫感。只是她的肉體（還有或許那肉體上所附隨的精神）就像彗星一樣，希求著永不間斷的激烈運動而已。

雖然不知道是不是因爲這樣，她是單身的。當然——這麼說就算多少有些誇張，但因爲她還算長得滿漂亮的，所以——談過幾次戀愛、曾被求婚過，她自己也想過要結婚。不過一旦到了面臨結婚的階段，每次一定有某種意想不到的障礙產生，而使得結婚的話題煙消霧散。

「運氣眞不好。」妻子說。

「是啊。」我也同意。

不過我並不完全同意妻子的意見。確實人生的某些部分，或許是被所謂命運這東西所支配的。而且那好像斑斑點點的影子一樣把我們人生的地面染上陰影。不過雖然如此，假如其中有所謂意志這東西存在的話——而且那是能夠做到跑步二十公里、游泳三公里那麼堅強的意志的話——我想大多的麻煩應該都能夠用像是方便的梯子似的東西來解決。她之所以不能結婚，我想像是因爲她打心坎裡不希望這樣做。換句話說結婚這件事，並沒有包含在她精力彗星的範圍之內——至少不是全部在內。

於是她便繼續當個電子琴老師，只要一有時間就努力運動，並定期地談談運氣不佳的戀愛。

自從大學二年級時，父母親離婚之後，她就一直在外面租房子一個人過日子到現在。

「是我媽把爸甩了。」有一天她這樣告訴我，「原因是德國短褲。」

「德國短褲？」我吃驚地反問她。

「事情實在很怪。」她說，「因爲太不合常情了，所以我們也很少對外人提起，不過因爲你是寫小說的，或許有點幫助也說不定。要不要聽？」

「務必說來聽聽。」我說。

那是一個下著雨的禮拜天下午，她到我家來的時候，我妻子正好外出買東西。因爲她比約定的時間早來了兩個小時。

「對不起。」她道歉說：「原來預定打網球的，因爲下雨泡湯了，這麼一來時間多出來，一個人在家反正也無聊，所以我想提早些來，不曉得是不是打擾了？」

「沒什麼打攪的。」我說。我也碰巧沒什麼工作情緒，正把貓抱在膝上，一個人呆呆看著錄影帶上的電影。我請她進來，再到廚房泡咖啡。然後兩個人一面喝咖啡，一面把「大白鯊」的最後二十分鐘看完。本來兩個人以前都看過這部電影好幾次了，因此並沒怎麼特別熱心在看。反正只是因爲必須看點什麼所以才看的。

不過，電影演完，劇終標誌出現之後，妻子依然還沒回來，因此我只好和她隨便閒聊起來。我們談到鯊魚、談到海、談到游泳的事。談了半天妻子還是沒有回來。前面好像已經提過我對她印象還算很不錯，不過雖然如此兩個人面對面要交談一個小時，我們之間顯然缺乏共有的事項。總之她是我妻子的朋友，不是我的朋友。

然而正當我不知如何是好，考慮著或許差不多可以準備看下一部電影時，她卻突然提起父母親離婚的事。我不知道為什麼她在毫無任何脈絡之下（至少我從游泳的話題和雙親離婚的話題之間，沒辦法找出明確的脈絡），會提出那樣的話題？或許這裡面有什麼原因吧。

「德國短褲並不是正確的名稱。」她繼續說，「正確說應該是雷德厚森(Lederhose)，你知道什麼是 Lederhose 嗎？」

「德國人常穿的半長皮西褲吧？上面有吊帶的。」我說。

「對。我父親希望要一件這個當禮物。也就是雷德厚森。我父親在他們那一代的人來說是身材相當高的，體型應該很適合穿那種半長短褲。所以他很想擁有那樣的東西。我倒覺得雷德厚森不太適合日本人穿，不過每個人喜歡的東西各有不同。」

我為了讓話題輕鬆起來，便問她父親是在什麼樣的狀況下，託誰買雷德厚森當禮物的。

「對不起，我每次說話總是顛三倒四的前後順序相反，所以如果有什麼聽不懂的地方請別客氣，儘管提出來問我。」她說。

「我會的。」我說。

「我母親的妹妹那時候住在德國，她邀我母親去玩。母親一點也不懂德語，也從來沒到國外旅行過，因爲當了多年的英語老師，總是很想出國走一趟。何況很久沒和那位阿姨見面了。因此便向父親提議，要不要請個十天左右的假，兩個人一道去德國，不過父親因爲工作上的關係，無論如何都沒辦法請假，所以母親只好一個人去。」

「就在那時候妳父親提出幫他買雷德厚森回來的要求，對嗎？」

「對，就是這樣。」她說，「母親問他要帶什麼禮物回來？父親回答說想要雷德厚森。」

「原來如此。」我說。

根據她的話，那時候她父母親的感情還算是比較親密的。至少已經不會在半夜裡大聲吵架，或父親一生氣就幾天不回家之類的。過去父親有女人的時候，這種事情曾經發生過好多次。

「個性其實不壞，工作也很認眞，只是在男女關係方面似乎比較隨便。」她好像在談別人家的事似的，以淡淡的口氣說道。使我一時之間還懷疑她父親是不是已經死了，結果她父親還活得好好的。

「不過那時候父親年紀已經相當大了，不再鬧什麼那類的糾紛，看起來應該可以繼續維持親密關係的啊。」

不過實際上事情並沒那麼順利。母親當初預定應該是十天的德國之旅，結果卻在幾乎毫無聯絡之下延長到一個半月，好不容易回國以後，又到大阪另一個妹妹家住下來，從此就沒再回過家。

爲什麼會變成這樣呢？做女兒的她，或做丈夫的她父親都沒辦法了解。爲什麼呢？例如過去縱然夫妻之間曾經有過幾次不和的情況，基本上她母親是很會忍耐的——有時候甚至令人懷疑她是不是想像力不足，才會那麼能夠忍耐——是一個把家庭看得很重的人，而且也很溺愛女兒。因此，她居然會連家也不回，甚至幾乎都不聯絡，這對他們來說是絕對無法理解的事。到底現在又繼續發生了什麼事呢？他們一點也料不到。她和父親打了好多次電話到大阪的阿姨家，母親也幾乎不出來接電話，她甚至連追問那眞正的原因都不可能。

母親眞正的意向，是在她回國後經過兩個月左右的九月中旬大家才弄清楚的。有一天她突然打電話回家，向丈夫說「我會寄上離婚所需的文件，希望你在上面簽名蓋章再寄回來。」父親質問她，原因到底是什麼？母親當時立即回答，因爲我對你已經不再有任何形式的愛情了。父親問道，彼此之間難道沒有互相讓步的餘地嗎？她斷然說：完全沒有餘地。

從此之後的兩、三個月，雙親之間藉著電話繼續爭吵、交涉或探詢，但結果母親依然一步也不肯退讓，父親最後只好放棄，同意離婚。由於過去的種種事情，父親這邊本來就處於無法採取強硬態度的弱勢，再加上原本個性就是任何事情都很容易放棄的人。

「我覺得那件事給了我很大的打擊。」她說，「不過那並不是單純指離婚這行爲本身給我的打擊。因爲過去好幾次我都想像過他們可能會離婚，對這點，我想在精神上我已經有了準備。所以如果在相當正常的情況下兩個人離婚的話，我應該不會那麼混亂。問題是母親不但遺棄了父親，同時也把我給遺棄了。這一點使我非常混亂，深深受到傷害。你了解嗎？」

我點點頭。

「過去我一直都站在母親這邊，而且我覺得母親也信任我。結果母親竟然沒有任何稱得上是說明的說明，就和父親一起把我給甩掉了。對我來說，這種態度未免太過分了，那次以後有好長一段時間，我沒辦法原諒母親。我寫了好幾封信給母親，要求她把各種事情做個清清楚楚的說明，然而母親對這些什麼也沒說，甚至提都沒提過想跟我見面呢。」

事實上她和母親見面，是在那三年之後。由於親戚的葬禮，兩個人才好不容易在那兒碰了面。她已經大學畢業，以電子琴老師的職業維持生計，而母親則在英語補習班當老師。葬禮之後，母親向她坦白道出：「以前我什麼也沒對妳說，是因為我不知道到底該怎麼說才好。」

「連我自己都很難掌握事情的進展情況。」母親又說，「不過一開始是因為那件德國短褲。」

「德國短褲？」她和我一樣驚訝地反問道。雖然到那個時候為止她本來打算從此不再和母親說話的，不過結果好奇心還是戰勝了憤怒。她和母親還穿著葬禮衣服，就一起進了附近的一家喫茶店，一面喝著冰紅茶，一面談起那德國短褲的事情。

賣那種雷德厚森的店，位於從漢堡搭電車大約一小時左右的小村子裡。母親的妹妹幫忙打聽出那家店的情形。

「德國人都說，要買雷德厚森的話，那家店最好。不但做工非常精細，而且價錢也不怎麼貴。」她妹妹說。

母親一個人搭了電車，爲了買雷德厚森回家給丈夫當禮物而到那村子去。她在列車上和德國的中年夫婦同一個車廂，用英語聊起天來。她一說，「我現在要去買雷德厚森當禮物。」夫婦便問她，「妳打算去什麼地方的店買？」她把店名說出來，兩個人異口同聲說道，「那一定錯不了，那家店是最好的。」因此她的決心就更堅定了。

那是一個令人非常舒服的初夏午後。穿過村子的河流發出清爽的水聲，岸邊的草葉翠綠地迎風輕搖。卵石鋪成的古老街道，畫著和緩的曲線無邊無際地延伸出去，到處看得見貓的形影。她看到一家小咖啡店便走了進去，在那兒吃了起司餅代替午餐，並喝了咖啡。街道風景優美而寧靜。

她喝完咖啡之後，正在和貓玩耍著時，咖啡店主人走過來問她，「待會兒妳要到什麼地方嗎？」她說明是來買雷德厚森的，主人便拿了便條紙來，把那家店的位置畫了一張地圖。

「謝謝。」她說。

一個人旅行是一件多麼愉快的事啊！一面走在卵石鋪道上她一面這樣想著。仔細想來這對她來說，是五十五年的人生之中第一次的獨自一個人旅行。在德國一個人旅行的時候，她從來沒有感覺到寂寞、害怕或無聊過。所有的風景都那麼新鮮，所有的人都那麼親切。而這一類的種種體驗，把她長久以來一直沒有用過，卻在她體內睡著了的形形色色的感情都一一喚醒了。而她到目前為止一直珍惜地捧著過日子的許多事物——丈夫、女兒、家庭——現在卻在地球的另一邊。對於這些她絲毫沒有必要憂心煩惱。

賣雷德厚森的商店很容易就找到了。雖然是一家既沒有櫥窗也沒有看板的古老小店，但透過玻璃窗往裡面探望時，就看得見一整排的雷德厚森。她推門走了進去。

店裡有兩個老人正在工作。兩個人一面小聲地說著話，一面量量布料的尺寸，或在筆記上寫下什麼。用窗簾布隔開的裡間好像是更寬的作業場所，從那兒傳來單調的縫衣機的聲音。

「太太，有什麼事嗎？」個子較高大的老人站起來用德語開口招呼。

「我想買雷德厚森。」她用英語說。

「是太太要穿的嗎？」老人操著有腔調的英語。

「不是。是要買回日本送給丈夫的。」

「哦？」老人說，考慮了一會兒，「那麼，您先生現在不在這兒囉。」

「是的，當然不在。因爲在日本哪。」她回答。

「那麼，這就產生了一個問題。」老人一面客氣地選擇著詞句一面說：「也就是說我們不能夠把商品賣給不存在的客人。」

「我丈夫是存在的。」她說。

「那倒是。您先生是存在的，那當然。」老人慌忙說，「我的英語說得不好，請原諒。我要說的意思是，嗯，如果您先生不在這兒的話，我們就沒法子賣給您您先生要的雷德厚森。」

「爲什麼？」她頭腦混亂地問。

「這是本店的方針、principle。我們必須先請來到店裡的客人，穿上適合他們體型的雷德厚森，再做細微的調整，然後才能賣出去。在百年以上的歲月裡，我們都是這樣在做生意的。就是在這樣的方針之下，我們才逐漸建立起信用的。」

「可是我爲了買貴店的半長褲，花了半天時間特地從漢堡趕來呢。」

「眞抱歉，太太。」老人一副眞的很抱歉的樣子說，「不過不容許有例外。因爲在這麼不確實的世界上，再也沒有比信用更難得而又容易喪失的東西了。」

她嘆了一口氣，在門口站了一會兒。然後動起腦筋，看看有沒有什麼可以突破的法子。在那之間，高個子的老人向矮個子的老人用德語說明著狀況。矮個子的老人一面聽著，一面連連點了好幾次頭說，「對、對。」兩個老人雖然個子相當不同，然而長相卻可以說是一模一樣的相像。

「先生，那麼這樣子好不好？」她提議說，「我去找一位體型和我丈夫一模一樣的人，把他帶到這裡來，然後請他穿上半長褲子，讓你們調整過後，再賣給我。」

高個子的老人以驚呆的眼神凝視著她的臉。

「可是啊，太太，這是違反規則的。要穿褲子的不是那個人，是您的先生，而我們又知道這件事。這不行啊。」

「你們當做不知道就行啦。你們把雷德厚森賣給那個人，我再向那個人買。這樣的話你們方針依然完整無瑕，不是嗎？請你們好好考慮。我想我以後不會再來德國。所以如果現在我沒有機會買雷德厚森，我就永遠也得不到了。」

「嗯。」老人說。沉思了一會兒，再度開始向矮個子的老人用德語說明。高個子的老人說完以後，輪到矮個子的老人用德語一連說個不停。就這樣繼續輪番說了幾次之後，高個子的老人終於轉向她說。

「好的，太太。」他說，「例外地──純屬例外地──我們就當做不知道事情的來龍去脈。因爲特地老遠從日本來買我們的雷德厚森的客人並不是那麼多，而且我們德國人也沒那麼機智靈通，就請您盡量找一位和您先生體型很相似的人，我哥哥也這麼說。」

「謝謝。」她說。然後向那位做哥哥的老人用德語說，「非常感謝您。」

她──我是指正在告訴我這件事的那位做女兒的──說到這裡時嘆了一口氣，把兩手重疊放在桌上。我把變涼的剩下的咖啡喝完。雨還繼續下著，妻子依然還沒回來。我完全無法預測事情往後是怎麼展開的。

「然後呢？」爲了想早點聽到結尾，我插嘴道，「結果妳母親有沒有找到一位和妳父親體型很像的人？」

「有。」她面無表情地說。「找到了。我母親坐在長椅上望著路過的行人，從裡面選了一位和我父親體型一模一樣，而且盡量看來像個好人的人，就不管人家願不願意——因爲那個人完全不會說英語——便帶他到店裡去。」

「妳母親好像是很有行動力的人啊。」我說。

「我不太清楚。因爲在日本的時候，應該算是屬於比較老實而隨俗的人哪。」她又嘆了一口氣說，「不過，總而言之，那個人在店裡的人說明了事情的原委之後，便說好吧！要是這樣的話我就來充當模特兒，他高高興興地答應了。於是穿上雷德厚森，讓店裡的人在好些地方放長縮短的。而且在那之間，這個男人和兩個老人還用德語講著笑話，有說有笑的。然後大約三十分鐘之後，他們作業完成時，母親已經下定決心要和父親離婚了。」

「到底怎麼回事我沒聽懂。」我說，「也就是說，在那三十分鐘之內發生了什麼事嗎？」

「不，什麼也沒有發生。三個德國人一團和氣地在互相講笑話而已。」

「那麼，爲什麼妳母親在那三十分鐘之間，能夠下定決心要離婚呢？」

「這點連我母親也一直不明白。所以我母親的心也非常亂。母親所知道的是，一直注視著那個穿上雷德厚森的男人時，對父親無法忍耐的厭惡感，忽然像泡沫一樣從身體深處一直湧上來。她對這個一點辦法也沒有。那個人——那個幫忙代爲穿上雷德厚森的男人——除了膚色不同之外，體型眞是跟我父親一模一樣。從腳的形狀、腹部的形狀，甚至到頭髮變稀薄的情形都像。而且那個人穿上新的雷德厚森，看起來還很愉快地搖擺著身體得意地笑著呢。母親看著那個人的時候，覺得自己體內過去一直模糊不清的一種想法，已點滴凝固成形，逐漸變得明確清晰。母親這才終於恍然大悟自己是多麼激烈地憎恨著丈夫。」

我妻子買東西回來了，她們兩人開始談起話之後，我還一個人一直在想著那有關雷德厚森的事。三個人一起吃飯，接著又稍微喝了一點酒的時候，我還在繼續想著那件事。

「然後，妳就不再恨妳母親了嗎？」我趁著妻子離開座位時，這麼試著問她。

「是啊，已經不再恨了。雖然也絕對談不上親密，至少我想是不恨了。」她說。

「那是自從她告訴妳德國短褲的事之後嗎？」

「對，就是這樣。我想是。聽完那段話之後，我已經沒辦法再繼續恨我母親了。雖然我也無法解釋清楚到底爲什麼，不過我想一定是因爲我們兩個都是女人的關係吧。」

我點點頭。

「還有如果——如果剛才那件事把德國短褲的部分剔除，假定只是一個女人在旅行的途中獲得自立的話，妳會不會原諒妳母親把妳遺棄了呢？」

「不會。」她立即回答，「這件事情的重點在於德國短褲啊。」

「我也這麼想。」我說。

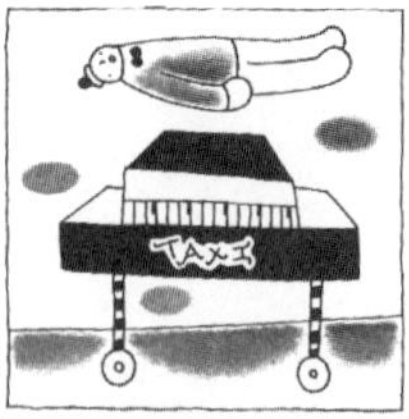

計程車上的男人

那已經是幾年前的事了，我曾經用筆名爲一個小美術雜誌做過類似畫廊採訪的工作，雖說是畫廊採訪，其實我對繪畫完全是個門外漢，因此並沒寫什麼專門性的報導，只不過以輕淡的筆調，整理一些畫廊氣氛或畫廊主人印象之類的東西而已。對我來說，這其實不是我刻意想去做的，只因某種契機，碰巧開始做了而已，然而以結果來說，卻變成一件相當有趣的工作。那時候因爲我自己也開始寫小說不久，因此覺得和各種不同的人見面，聽他們說話，並整理成紀錄，這種作業對寫文章來說，是很好的學習。我盡可能深入注意觀察社會上的人們在想什麼，他們如何把這想法用語言來表達，我巧妙地將其截取，並努力把它重新構築在我自己的文章裡。

這連載報導持續了一年之久。因爲雜誌是隔月發行的，因此總共是六次。編輯部（其實說來只有編輯一個人而已）介紹了幾家可能有點意思的畫廊給我，而我便親自去走一遭，從其中選一家來報導。篇幅大約是四百字稿紙十五張左右，不過因爲我自己個性說來是屬於有點笨拙而怕生的，因此剛開始工作頗不順利。簡直不曉得該問對方什麼，該如何整理才好。

不過反覆幾次下來，一再嘗試和錯誤的過程中，我總算找到了一個像是秘訣的東西。那就是在採訪時應該去發掘被採訪者心中不同於一般人的，某種崇高的、敏銳的、溫暖的什麼地方。不管是如何細緻的點都沒關係。每一個人心中必然有形成那個人中心的一點存在。只要成功地探索出這點，採訪的問題自然會出來，跟著也就能寫出一篇生動的報導。這聽起來不管有多麼陳腐，然而最主要的重點不外乎愛情和理解。

從此以後，採訪的工作雖然做過許多，不過對採訪的對象，到最後爲止連一點感情都沒產生的例子則只有一次。那是爲了寫某個週刊雜誌的大學採訪報導，而到一家有名的私立大學取材時，我花了將近一星期時間走訪，聽到的卻只有權威、腐敗和不誠實。採訪了包括校長、系主任在內將近十個人的教員，其中只有一位能夠談點正常的事，而那位副教授是剛剛在兩天前提出辭呈的。

不過，那件事已經結束了。還是回到和平的畫廊話題吧。我所走訪的畫廊，幾乎都是些和權威無緣的小地方的畫廊。我和一位比我大三或四歲，高個子的攝影師兩人一組到畫廊去，我和畫廊主人談話，他就在那時候拍些室內的照片。

所有的採訪結束後，我總是會向那畫廊的主人提出同樣一個問題。這以一個採訪問題來說，並不算怎麼高明。就像問一位小說家，在他讀過的小說中哪一本最好一樣，問題的重點太模糊了。如果回答「那太多了不知從何說起呀」，或一再反覆一些陳腐的老套就沒轍了。不過雖然如此，我依然每次訪問都要重複這個問題。因爲我覺得一來對以美術爲職業的人問這種問題，是恰如其份的合理採訪；二來如果順利的話，或許可以聽到什麼有趣的事也不一定。

告訴我名爲「搭計程車的男人」那幅畫的事，是一位四十歲左右的女畫廊主人。她絕對稱不上美，但卻有一張立刻能使人感覺心境舒坦的高尚臉孔。穿著一件打了大蝴蝶結的白襯衫，灰色斜紋毛裙，黑色纖秀的高跟鞋。腳天生不好，當她走過鋪了木質的地板時，不均勻的腳步聲便在空曠的室內，像釘楔子般的響著。

她在青山一棟建築物一樓經營以版畫爲主的畫廊。那時牆上裝飾的版畫，在像我這種外行人看來，都不會覺得是高明的作品。在她的人格之中潛藏著某種像是磁力般的東西，那種奇妙的力量，使我覺得和她有關的事物，看來都比實際上更光輝燦爛。

當應有的採訪結束時，她開始收拾咖啡杯，並從櫥架上取出紅色葡萄酒瓶和玻璃杯，邀我和攝影師喝，也在她自己的破璃杯裡倒了酒。她的手指非常纖細而年輕。在裡面的房間裡，看來應該是她的Burberrys防水短外套和灰色喀什米爾羊毛圍巾一起掛在衣架上。辦公桌上放著鴨子形的玻璃紙鎮和金色的小剪刀，那是十二月初的時節，設在天花板上的小型音響喇叭，正小聲地播著聖誕節曲子。

她站起來穿過房間，不知從什麼地方拿了香煙盒回來。然後以細長的金色打火機點著，細細的煙由嘴裡吐出來。如果沒聽見她的腳步聲的話，她的身上簡直看不出任何不自然的部分。

「最後我想再問一個問題，可以嗎？」我說。

「當然，請問。」她說。然後嫣然一笑。「不過這種口氣，你不覺得好像電視上的刑事案件似的嗎？」

我笑了。攝影師也笑了。

「在妳過去的經驗中，什麼樣的畫帶給妳最大的衝擊？」我問。

她默默考慮了一會兒，然後把香煙在煙灰缸裡弄熄，看著我的臉。

「對這個問題的答案，要看所謂『衝擊』這字眼的意思指的是什麼。什麼叫做『衝擊』。是指藝術性的感動之類的，還是更純樸的震驚、打擊之類的？」

「我想倒不一定需要藝術性的感動；」我說，「我的意思是切膚性、生理性的震驚。」

「如果沒有切膚性的震驚，我們的職業就無法成立了。」她笑著說，「這種東西那邊就堆了一大堆。最缺少的你不覺得反而是藝術性的感動嗎？」

她拿起玻璃杯，用葡萄酒潤濕嘴唇。

「問題是——」她說，「誰也沒認眞在追求感動。你不覺得嗎？你也在寫文章，沒有這種感覺嗎？」

「或許是吧。」我說。

「藝術性的感動，不方便的地方在於無法適當地以言語表達。」她繼續說：「就算能夠表達，也變得非常的僵硬化。千篇一律，大時代、平庸……簡直像恐龍一樣。所以大家都在追求更簡潔而簡便的東西。還有餘地容納自己的表現的東西，或像電視遙控器一樣，可以轉台的東西。至於稱呼，不管是切膚性的衝擊或感性……都可以。」

她在三個空了的玻璃杯裡注入葡萄酒，點起新的煙，「話題繞太遠了。」

「滿有意思的。」我說。

空調機的微弱聲響、除濕機的排氣聲和聖誕曲輕聲混合，形成奇妙而單調的聲音。

「如果不必侷限於藝術性的感動或切膚性的衝擊的話，我想我倒可以談一談在我心中印象深刻的一幅畫。或者應該說是跟這一幅畫有關的事情，是不是可以？」

「當然可以。」我說。

「那是一九六八年的事。」她說：「我本來是想當畫家才來到美國東部的一所美術大學留學的，可是畢業後依然留在紐約，為了養活自己——或者也可以說因為對自己的才能已經不再指望什麼了——於是開始做起類似採購畫的工作。也就是到紐約一些年輕畫家或無名畫家的畫室走動，如果發現看來底子不錯的東西，就買下來寄給東京的畫商。剛開始的時候，我先寄彩色照片，東京的客戶從其中選出喜歡的，而我則在當地購買，是這樣的系統。不過漸漸建立信用之後，我也可以根據自己的判斷直接買畫了。除此之外我在格林威治村的畫家圈子裡已經擁有相當紮實的資訊網或者說是關係吧。因此誰在做些什麼有趣的事或誰正為錢傷腦筋之類的情報，全部會傳到我的耳朵裡來。所謂一九六八年格林威治村，那眞是不得了，你知道那年頭的事吧？」

「那時我是大學生。」我說。

「那麼我想你該知道。」她說著自己點點頭。「那裡什麼都有。眞的是什麼都有。從最高到最低。從貨眞價實的純正東西，到百分之百的贗品……對於從事像我這類工作的人來說，那個時代的格林威治簡直是寶山一樣。只要你有點眼光，就可以遇到其他時代的其他場所無法遇到的傑出人才或有力的嶄新作品。事實上，我那時候寄回東京的作品，很多現在已經很有價值了。那時候如果為自己留下幾幅的話，我想現在我已經變成小富婆了，不過可惜那時候我眞的沒錢……所以很遺憾。」

她把放在膝上的兩手向上攤開，然後嫣然一笑。

「不過當時我倒是例外地為自己買了一幅畫，唯一的一幅。『搭計程車的男人』就是那幅畫的名稱。但遺憾的是這既非藝術上特別優越，也不是手法上怎麼傑出，更不是雖然粗糙卻能看出才能之芽的東西。作者是無名的捷克亡命畫家，後來並在沒沒無名之下消失無蹤。所以畫的價格一直抬不高。……你不覺得奇怪嗎？為別人選的盡是些會漲價的畫，為我自己選的唯一的一幅畫卻完全沒有價值……不過事情總是這樣的。」

我適度地略表同感之後繼續等待事情的下文。

「我到那位畫家的公寓去時，是一九六八年九月的一個下午。雨剛剛停，整個紐約簡直像蒸籠一樣。那位畫家的名字我已經忘了。你也知道東歐人的名字不換成美國式的話是非常難記的。把他介紹給我的是一位和我住同一棟公寓的學畫的德國學生。他來敲我房門說：『智子，我有個朋友，是個非常缺錢的畫家。如果妳方便的話，能不能明天過去看看他的畫？』『ＯＫ，』我說，『不過他有沒有才華？』『大概不太有吧。』他說，『不過人倒是很好。』於是我們就到那個捷克人住的公寓去。那時候的格林威治村就是這樣的地方。怎麼說好呢……好像大家都多少有點相依為命、互相依靠的一個地方。」

她在那位捷克人住的極髒的公寓房間裡，看到二十多張畫。捷克人二十七歲，三年前才剛越過國境逃亡出來。他在維也納住了一年，然後來到紐約。把妻子和幼小的女兒留在布拉格。他白天在公寓裡畫畫，夜裡在附近的土耳其餐館工作。他說「在捷克沒有表現的自由」。不過眼前他所需要的是比自由表現更基本的東西。正如德國學生說的，他缺少所謂的才華。她心中嘀咕著：「他應該留在布拉格的。」

那捷克人的畫在技術上有些應該局部一一去看。尤其是用色有時會令人吃一驚。也有相當優秀的筆觸。可是就僅此而已了。從行家的眼光來看，畫到這裡就完全停止了。

沒有所謂意識的擴張之類的東西。同樣是停止下來，他的畫連藝術的「死胡同」都還沒達到。只是「達到極限」了，「如此而已」。

她稍微瞄了德國學生一眼，他的表情在無言之中所訴說的結論也和她一樣——「如此而已」。只有捷克人還以朦朧而帶著不安的眼神，盯牢著她的一舉一動。

正要向捷克人道謝離開這公寓的時候，放在門邊的一張畫，忽然捕捉了她的眼睛。大約二十吋電視畫面那麼大的橫幅畫。和他其他的畫不一樣，這張畫好像有什麼在裡面呼吸著似的。並不怎麼樣，只是某種些微的東西。一直凝神注視的話，就會逐漸消失掉似的那種程度的東西。然而不管多麼微弱，它確實活在畫裡。她拜託捷克人把其他的畫全部靠到一邊，讓牆壁空出一片完全潔白的空間，她把那幅畫立在那兒，一直注視著。

「這是我到紐約以後，所畫的第一張畫。」捷克人好像有點不安很快地說：「我到紐約的第一個晚上，站在時代廣場的角落裡，一連幾小時一直望著街道。然後我回到房間裡花了一個晚上畫出來的。」

那是坐在計程車後座的一個年輕男子的畫。如果以照相來說，是從前座的正中央，心平氣和地拍下來的男人的樣子。男人臉朝旁邊望著窗外。是個英俊男士。晚禮服裡白色的正式襯衫，黑色蝴蝶結，然後白圍巾。好像是個混得不錯的舞男，卻不是舞男。要當個舞男，他還缺少一點什麼。就拿一句話來說，他似乎缺少一點凝聚的飢餓感似的東西。

這並不是說他不飢餓。哪個年輕男子不飢餓？只是他身心的飢餓，採取了太模糊的形式了，以至於從旁人看來——或者以自己的眼睛看來——那會讓人感覺就像正在發展中的某種觀點似的。那簡直就像一道藍色的霞光，雖然知道它是存在的，卻捕捉不到。

正好像這一樣，像那藍色的霞光一樣，夜籠罩著那部計程車。從車後部的玻璃窗，可以看見夜色。只能看見夜色。在藍色之中，流入黑暗的紫色。非常優美的顏色。就像艾靈頓公爵大樂團的調子一樣，優雅而厚重。如果用手觸摸，好像五根指頭都會完全被吸進去似的那麼厚。

男的往旁邊看，但其實他什麼也沒在看。不管那玻璃窗的對面看得見什麼，那風景在他心中絲毫不會留下任何傷痕。車子繼續往前開著。

「男的要去哪裡？

男的要回哪裡？」

畫中對這點沒有任何交代。男人只是包含在一個所謂計程車的限定框子裡。計程車只是包含在所謂移動這個它本來的原則之中。那只是移動，至於要去哪裡？或要回哪裡？都無所謂。任何地方都行。那是一面寬大的牆壁中打開的一個黑洞。那既是入口，也是出口。

也就是說那個男的正在望著那黑暗。男的嘴唇乾燥，看起來極其渴望著香煙。然而由於某種理由，香煙遠在他的手指所能到達的地方。他的顎骨凸出，頰肉瘦削，暴力性的瘦削法。在那上面附有一道簡直像傷痕似的細長陰影。一個眼睛所看不見的世界的無聲戰鬥，所殘留下來的陰影。白色的圍巾覆蓋住那傷口的尖端。

「結果我付了一二〇元爲自己買了那幅畫。一二〇塊美元以一幅畫的價錢來說，並不是多高的金額，不過對當時的我來說，卻是有些心痛的開支。我那時正懷孕，先生又失業。他本來在外外百老匯當演員，就算說有職業，那種工作也賺不了什麼錢。生活費大多都是我在賺。」

說到這裡她把話打住，好像在回憶過去似的喝了一口葡萄酒。

「妳喜歡上那幅畫對嗎？」我試著問她。

「畫我並不喜歡。」她說：「那幅畫本身剛才也已經說過，只不過是個業餘畫家長出一點毛的程度而已。雖然不壞但也不好。我喜歡的是那畫中的年輕男子。爲了看那男的我才買了畫。如此而已。捷克人因爲自己的畫受到肯定而非常高興，德國年輕人有點驚訝。不過他也許永遠無法了解，我買那幅畫的眞正原因。」

聖誕節音樂正好停了，隨著一聲啪噠的聲響，接著而來的是深深的沉默。她把手指疊放在她斜紋毛呢的裙子上。

「我那時候二十九歲，若照世俗的說法，我的青春已經即將逝去。我爲了想當畫家來到紐約，結果沒當上畫家。我的技巧不如我的眼光好。我沒有辦法靠自己的手創作任何東西。而那畫中的男人……感覺上就像我自己所喪失的人生的一部分似的。我把那張畫掛在我公寓房間牆上，每天每天看著過日子。每天看見那畫上的男人，就讓我想起我自己所喪失的東西之大。或者是小吧。

「我先生常常取笑我說，妳是不是愛上這個男的了。因爲我總是默默地凝視那幅畫，所以他會那麼想。不過他錯了，我對他所抱持的感情，是所謂sympathy 之類的東西。我所說sympathy既不是同情也不是同感，而是兩個人共同分擔著某種哀愁，你能了解嗎？」

我默默點頭。

「因爲有太長一段時間一直在看那位計程車上的男人，因此他在不知不覺之間對我來說已經變成我的分身似的存在了。他了解我的感受。我也了解他的心情。我了解他的哀愁。他被關在名爲平庸的計程車裡，他無法從中逃出，永遠不能。真的是永遠。平庸將他生於斯，並將他埋沒於以平庸爲背景的檻欄裡。你不覺得悲哀嗎？」

她閉起嘴唇，暫時落入沉默。然後再開口。

「總之就是這麼回事。既沒有藝術性的感動，也沒什麼衝擊。沒有所謂的感性也沒有切膚性的衝擊。不過如果問我心中印象最深刻的畫，大概只有這一張。這樣可以嗎？」

「還有一個問題，」我說：「那幅畫妳現在還保有嗎？」

「沒有了，」她立刻回答：「燒掉了。」

「什麼時候？」

「是一九七一年。一九七一年的五月。雖然好像才不久的事，其實已經將近十年了。一連發生了各種事情，我決心和我先生分手回日本來。孩子也放棄了。細節我不想說請讓我省略。那時候我想放棄一切，一切的一切。在那塊土地上我曾經擁有的一切夢想、希望和愛，或一切那類東西的殘像。我向朋友借了一輛小貨車，把屋子裡所有的東西搬上去開到一塊空地，澆上煤油燒掉。『計程車上的男人』也在裡面。那種景象你不覺得很適合配上感傷的音樂嗎？」

因爲她微微一笑，所以我也微笑起來。

「對於把畫燒掉我並不惋惜。因爲這樣一來我自己得到解放了，同時對他也是一種解放。他因爲被燒而從平庸的檻欄裡被解放出來。我燒了他，並且也燒了我的一部分。那是一九七一年五月一個晴朗而舒服的下午。然後我就回日本來了。事情就是這樣。」說完她用手指了屋裡一圈。

「就像這樣，我經營起畫廊。工作還算順利。怎麼說好呢？我想我大概有點商業本事吧。現在雖然還單身，不過也沒什麼不好。生活倒也過得很快樂。不過關於『計程車上的男人』那件事，並不是在一九七一年五月的下午在紐約那塊空地上就結束了，後來還有下文。」

她從player's香煙盒裡拿出香煙，用打火機點火。攝影師乾咳了一聲。我在椅子上變換一下身體的位置。香煙的煙慢慢昇起，被空調的風吹散了似地消失。

「去年夏天，我在雅典的街上遇到他，就是他。就是畫中的『計程車上的男人』，不會錯，確實是他。就在雅典的計程車後座和他並排坐著。」

那完全是偶然。她正在旅行途中，傍晚六點左右，從雅典的埃及廣場前往巴西利西斯・蘇菲亞斯大道之間搭了計程車，那位年輕男子在奧摩尼亞廣場附近上車，坐在她旁邊。在雅典只要路線一致，計程車是可以沿路上客一起搭乘的。

男的身材修長，非常英俊。而且對夏天的雅典來說，穿晚禮服打蝴蝶結是相當稀奇的。好像這就要去參加一個重要的宴會似的。一切的一切都和她在紐約買的畫中的男人一模一樣，絲毫不差。剎那間她以爲自己一時迷糊得太離譜了。就像是突然跳進了時間錯誤的場所一樣的感覺。覺得自己的身體好像浮在半空中離地十公分一樣，頭腦完全空白，花了很長的時間才逐漸恢復過來。

「哈囉。」男的一面微笑一面對著她說。

「哈囉。」她幾乎反射性地回答。

「妳是日本人吧？」男的用漂亮的英語說。

她默默點頭。

「我去過一次日本。」他說。然後好像要測量沉默的長度似的在空中將手指張開。「是公演旅行。」

「公演？」她還心神恍惚地插嘴問道。

「我是演員。希臘國立劇場的演員。妳知道希臘的古代劇場嗎？Euripidés、Aischylos、Sophokles……」

她點點頭。

「總之在希臘。古老的東西最優越。」他說完微笑一下把話題告一段落，忽然把頭轉過去，看著窗外的風景。這麼說來，他看起來除了像演員之外什麼也不像。他長久望著窗外一動也不動。斯塔底歐路因下班的車子而擁擠著，計程車只能慢慢前進，男人卻並不在意，只是凝視著商店的櫥窗或電影院的看板。

她試著拚命整理腦子裡的東西。把現實好好放進現實的框子裡，把想像確實放進想像的框子裡。然而雖然如此，事態依然絲毫沒有改變。她七月在雅典街上的計程車裡，和畫中的男人相鄰坐著。沒有錯誤的跡象。

不久車子終於穿過了斯塔底歐路，經過憲法廣場旁邊，進入蘇菲亞斯大道。再過兩、三分鐘計程車就要到達她所住的旅館前面了。男人還是沉默地注視著窗外。舒服的黃昏微風，正飄拂著他柔軟的頭髮。

「抱歉。」她向那男人開口說：「您現在正要去參加一個宴會嗎？」

「是啊，當然。」男的轉向她這邊說，「是宴會。一個非常棒的大宴會。各種客人都會來，酒是免費請客的，大概要開到天亮吧。不過我半途就要離開。」

計程車停在飯店門口，負責接計程車的門僮把門打開。

「卡洛塔克西吉——（旅途愉快）。」男的用希臘語說。

「艾佛卡利斯多波里（謝謝）。」她說。

目送著計程車在黃昏擁擠的車流中消失而去之後，她走進飯店裡。淡淡的黑暗就像一張被風吹動的薄膜一樣，在都市上空流連徘徊。她坐在飯店的吧檯喝了三杯伏特加酒。酒吧裡靜悄悄的，除了她之外看不見其他客人，黃昏的黑暗也沒來到這裡。感覺簡直像是她自己的一部分還留在那部計程車裡忘了帶下來似的。她的一部分還留在那部計程車的後座，和那位穿著晚禮服的年輕演員一起正要去赴某個地方的宴會似的，那種感覺就像剛從一艘搖晃的船上下來，站在堅硬的地表時所感覺到的那種殘存感一樣。肉體在搖，世界是靜止的。

經過一段想不起有多久的時間之後，她身體裡面那種搖晃停止時，她心中的某種東西已經永遠消失了。她可以清楚地感覺到，某種東西結束了。

「他對我說的最後那句話還清清楚楚地烙在我的耳朵裡。『卡洛塔克西吉——旅途愉快』。」

說著她兩手合放在膝上，「你不覺得這句話很棒嗎？每次想起這句話，我就會這樣想，我的人生雖然已經失去了大部分，不過那只是一部分結束了，以後應該還有什麼會從那裡獲得的。」

她嘆了一口氣，然後嘴唇稍稍往橫向擴張似的微笑。

「就這樣有關『計程車上的男人』的事就結束了。」她說，「話題扯太長了眞抱歉。」

「沒這回事。我覺得非常有意思。」我和攝影師說。

「這件事情有個教訓。」她最後說：「這只有靠自己的體驗才能學到的貴重教訓，那就是，人沒辦法消除任何東西——只能等它自己消失。」

她的話到此結束。

我和攝影師把玻璃杯中剩下的葡萄酒喝光，向她道謝之後離開畫廊。

我本想把她的事立刻整理在稿紙上，可是因爲那時雜誌的篇幅有限，無法容納這篇記事，因此現在才能以這種形式發表，讓我總算鬆了一口氣。

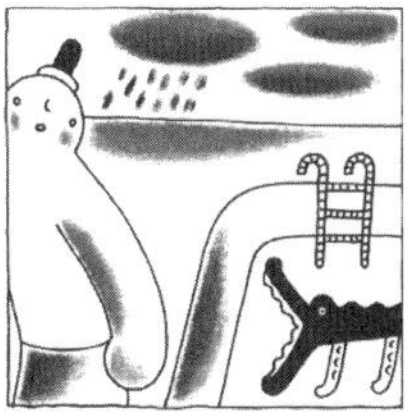

游泳池畔

三十五歲那年春天，他認定自己已經越過人生的轉折點。

不，這種表現法不正確。如果要正確的說，應該是三十五歲的春天，他「決心」越過人生的轉折點。

當然沒有任何人知道自己的人生能持續多少年。假定能活到七十八歲的話，那麼他人生的轉折點應該是三十九歲，到三十九歲爲止，還有四年的餘裕。而且以日本男性平均壽命和他自己的健康狀態，加起來考慮的話，七十八歲的壽命並不是什麼特別樂天的假設。

然而他對於把三十五歲生日認定爲自己人生的轉折點卻毫不猶豫。只要他願意，他大可以把死稍微往遠方推移一些。只是他想如果繼續這樣下去，我一定會迷失明確的人生轉折點。心裡想的適當壽命，從七十八變成八十，從八十變成八十二，八十二變成八十四。於是人生便這樣蹉跎光陰下去。然後有一天，發現自己已經五十歲。要以五十歲這種年齡當做轉折點未免太遲了。到底有幾個人能活到百歲呢？人就是這樣，在不知不覺之間迷失了人生的轉折點。他這麼想。

過了二十歲左右之後，他就一直覺得所謂「轉折點」這種想法，對自己的人生應該是不可或缺的要素。他這想法的基礎是：要想了解自己，就應該先知道自己立足點的正確位置。

或許這種想法，也受他進中學以後到大學畢業爲止將近十年之間，是以最佳游泳選手的身分度過，這件事情影響不小。游泳這種運動，確實需要區分，手指可以接觸到游泳池的牆。在那同時，他的身體就像海豚一樣在水中翻騰，一瞬間改變身體的方向，用腳底使勁踢牆。然後衝向後半段的二〇〇公尺。那就是轉身。

如果游泳比賽沒有轉身，也沒有距離可表示，那麼要全力游完四〇〇公尺的作業，一定和無法得救的黑暗地獄一樣。因爲有轉身，所以他可以把四〇〇公尺區分爲兩部分。「這麼一來已經游完一半了」他想。其次那二〇〇公尺又可以分一半。「這麼一來已經游完3/4了」。然後再一半……就這樣把漫長的路程逐一細分化下去。隨著距離的細分化，意志也細分化了。也就是說

「總之先把下面的五公尺游完」。只要游完五公尺那麼四〇〇公尺的距離就縮短$\frac{1}{80}$了。唯有這樣想，他在水中時即使嘔吐或肌肉痙攣也能把最後的五十公尺全力游完。

雖然不知道其他選手們到底是以什麼樣的想法在游泳池裡來回游的。但對他來說，他覺得這種分割方式最適合他的性子，而且似乎也是最正常的想法，不管東西看起來是多麼巨大，不管面對它的自己的意志又顯得多麼渺小，都絕對可以用「五公尺的量」來一一解決，這件事實，他是在五十公尺游泳池裡學到的。人生最重要的事，就是對掌握正確形式的認知。

因此當第三十五次的生日逐漸逼近眼前的時候，對於把那當做自己人生轉折點的事，他絲毫不覺得猶豫。沒有一點值得畏怯。七十年的一半是三十五年，他想這樣也就差不多了。假定過七十歲還活著的話，那自然值得慶幸，就繼續活吧。可是在公式上他的人生是七十年。他已經決定——七十年要全速游完。這樣的話我總該可以設法把這一生好好度過吧。

於是就這樣一半已經過完了。

他想。

一九八三年的三月二十四日是他第三十五次的生日。妻子送他一件綠色開絲米龍毛衣當禮物。天黑以後兩個人就到青山那家他們常去的餐廳開葡萄酒、吃魚。然後又在一家安靜的酒吧各喝了三杯或四杯的gin-tonic。他決定不對妻子提到有關他對「轉折點」下定決心的任何事。這類對事情的看法，在別人眼裡往往顯得很愚蠢，他是非常清楚的。

兩個人搭了計程車回家，然後做愛。他洗完澡出來走到廚房，拿了罐裝啤酒回到臥室時，妻子已經睡著了。他把自己的領帶和西裝掛進衣櫥，把妻子的絲質洋裝悄悄折好放在桌上。把襯衫和襪子揉成一團丟進浴室的洗衣籠裡。

他坐在沙發上獨自喝著啤酒，望著妻子的睡臉有一陣子。一月裡她剛過三十歲。她還在分水嶺的那一邊，而他已經在分水嶺的這一邊了。這麼一想總覺得怪怪的。他把剩下的啤酒喝完，然後把手腕交叉在腦袋後面，無聲地笑了。

當然要更正是可以的。人生有八十年，只要這樣決定就行了。那麼轉折點就變成四十歲，他還可以有五年時間留在那一邊。然而對於這點，他的答案是ＮＯ。他在三十五之年已越過轉折點，有何不可呢？

他到廚房去又喝了一罐啤酒。然後到起居室在音響前趴著躺下，戴起耳機，聽布魯克納的交響樂直到深夜二點。每次在深夜一個人聽布魯克納長時間的大交響曲，他總會感覺到某種皮肉的喜悅。那是只有在音樂中才能感覺到的奇怪喜悅。時間與能量與才華的狀大消耗……。

♠

我想聲明在先，我把他對我說的話，從頭到尾照樣記錄寫了下來。當然其中含有某種文章性的結構，並且獨斷地省略了一些我認爲不必要的部分。也有些地方是根據我的問題所補充的細節。另外也運用了一點我的想像力，不過那只有微乎其微。然而就整體來說，這篇文章可以當做是照他所說的寫下來應該沒問題。他的敘述方式正確而有要領，該說的部分也能明確地描述狀況。他就是這種類型的人。

他在一家會員制健身俱樂部的游泳池畔的露天咖啡廳，告訴我這些事。

生日的第二天是星期天。他七點鐘醒來之後，就燒了開水泡了熱咖啡，吃生菜和小黃瓜做的沙拉。很稀奇的是他妻子還睡得很熟。吃過東西他一面聽音樂一面認眞地做了十五分鐘在參加游泳班的時代長久練熟了的高難度體操。沖過涼水澡，洗了頭，刮了鬍子。並花了很長時間仔細地刷了牙。只沾了一點點牙粉，然後慢慢用牙刷把每一顆牙齒的裡面和外面都刷遍。牙齒和牙齒之間的污物則用牙線清。洗臉檯上光是他的牙刷就排著有三種之多。爲了不養成任何特定的癖性，每次輪流用不同的牙刷。

當他完成這樣的一套早晨儀式之後，並不像平常一樣到附近去散步，卻以天生身體的姿態，站在脫衣室牆上裝的人體等大的鏡子前面，試著仔細檢點自己的身體。畢竟這是往後半生的第一個早晨哪。他儼然像醫師在檢查一個新生兒的身體一般，帶著不可思議的感動，巡視著自己身體的每一個細部。

首先是頭髮，其次臉的肌肉、牙齒、下顎、手、腹、側腹、陰莖、睪丸、大腿、腳。他花了很長的時間一一檢查，在腦子裡列表記下加號和減號。頭髮比二十幾歲時多少薄了一些，不過還不至於令人擔心，到五十歲大概還能維持這樣吧，要不然以後再想辦法就行了，假髮也有不錯的，以我的情況來說頭髮的形狀還不錯，所以即使禿頭也不至於太難看。牙齒從年輕時候開始就有了宿命性的蛀牙，因此裝了相當多顆的義齒，不過幸虧三年前開始就繼續仔細刷牙，因此已經停止惡化。牙醫說：「如果從二十年前開始就能這樣做的話，現在連一顆蛀牙也沒有啊。」確實說得很對，可是過去的事再嘆息也沒用。維持現狀，事到如今這就是全部了。他試著問過牙醫到底自己的牙齒到幾歲爲止還可以咬東西。「六十爲止大概沒問題吧！」醫生說，「如果你能像現在這樣繼續用心照顧下去的話。」這就夠了。

臉上肌肉的粗糙情形到底是和年齡相應的。因爲血色好所以猛一看還顯得很年輕，只是靠近鏡子仔細看，皮膚上已有微細的凹凸。每年夏天都隨便亂曬太陽，很長一段時間香煙也抽過量。以後有必要用品質優良的乳液或面霜。下顎的贅肉比想像中多，這是遺傳的，不管怎麼運動，就算臉頰肉削瘦了，只有這裡看來像一層薄薄的積雪一樣的柔軟肉膜，就是絕對掉不下去。隨著年齡增加，這已經長定了。因此我和父親一樣有一天總會變成雙下巴吧。結果只有放棄，沒其他辦法。

至於腹部加和減大約各六分和四分。幸而靠運動和有計畫的進食，腹部比三年前縮緊多了。以三十五來說算是上乘的。只是從側腹到背上的贅肉就不是馬馬虎虎的運動可以消除了。轉身側向時，學生時代那種簡直像刀削過般的腰背銳線已經消失。性器並沒有什麼變化。和從前比起來似乎整體上少了幾分生氣，不過這也許是心理作用。做愛次數當然不如以往多，然而到現在為止還沒有過陽萎的經驗。和妻子之間也沒什麼性的不滿。

全身看來身高一七三分公，體重六十四公斤，他的身體保持得很年輕，周圍其他同年代的男士們的身體，簡直不能跟他比。即使說是二十八歲也絕對過得去。雖然肉體的瞬間爆發力衰退了，但光就持久力來說，他的肉體因為運動有素，因此甚至比二十多歲的當時更進步了。

不過在他仔細注意之下，宿命性的老化陰影正逐漸緩慢地覆蓋自己的身體，這一切並沒有逃過他的眼光，在他腦子裡的檢查表上清晰刻下加號和減號的損益平衡表，就是這件事實的最佳證明。不管多麼能夠瞞過別人的眼睛，卻不能瞞著自己而活下去。

我正在老化中。

這是不可動搖的事實。不管多麼努力，人都無法逃避老化。就像蛀牙一樣。只要努力是可以延遲惡化，可是不管惡化多麼延遲，老化都必然會取而代之。人的生命就是這樣被設定公式的。年齡越來越大，付出努力的量和所能得到回報的量比起來，總是越來越少，最後終於變成零。

他走出浴室，用浴巾擦身體，躺在沙發很長一段時間，什麼也沒做，只是呆呆望著天花板。隔壁房間裡，妻子正一面燙著衣服，一面和著收音機播出的比利喬的歌哼著。關於被關閉的鐵工廠的歌。典型的星期天早晨，熨斗的氣味和比利喬和早晨的淋浴。

「年老本身老實說，對我並沒那麼恐怖。就像剛才說過的一樣。對這種難以抗爭的東西，要繼續對抗，這適合我的脾氣。所以這種事情既不辛勞也不痛苦。」他對我說：「對我來說，問題最大的是：更模糊的東西。我是指明明知道在那裡，卻無法好好面對它，和它抗爭的東西。」

「你是說，你感覺到有某種東西存在嗎？」我試著問他。

他點點頭，「我想大概是吧。」他說。然後兩隻手在桌上不太自在地動著。「當然我也曉得一個已經三十五歲的男人，還在別人面前把這種事情拿來講好像很愚蠢。不過我想任何人一生中都會有這一類無法把握的要素存在，你說是嗎？」

「應該是吧。」我同意道。

「可是，說眞的，實際上這麼清清楚楚地感覺到這回事，對我來說還是有生以來的第一次呢。也就是感覺到自己內部潛在著某種難以名狀而無法把握的東西。所以我簡直就不知道該拿它怎麼辦才好。」

我無法開口說什麼，因此沉默不語。雖然他看來顯然正在混亂中，但是那種混亂狀態，自然有它所以混亂的道理存在。因此我決定什麼也不說，繼續聽他講下去。

他出生在東京郊外，昭和二十三年春天，戰爭結束還不久的時候。有一個哥哥，後來又有一個比他小五歲的妹妹出生。父親原來是中堅級的不動產業者，後來以中央線沿線一帶爲主從事大樓出租的行業，在六十年代經濟高度成長期事業做得相當成功。他十四歲時雙親離婚了，由於某種複雜的原因，三個孩子都留在父親家。

他從一流私立初中開始進入同系列的高中，再升上大學，一路像搭電扶梯似地順利往上升。成績也不錯。上大學以後他搬到父親在三田的一棟大廈裡。然後每週到游泳池游泳五天，剩下的二天便和女孩子約會。雖然並沒有玩得多厲害，不過從來也不缺遊玩的對象。沒有和任何一個女孩子深交到被迫訂婚的程度，吸過大麻，也被朋友邀著參加過示威遊行。雖然讀書算不上多麼用功，不過該上的課都乖乖出席了，因此還能留下比一般還好的成績。他的做法是從來不記任何筆記，他認為要是有那時間去記筆記，還不如用那時間認真注意聽講。

周圍大多數人對他這種性格都沒辦法適當掌握。無論是他的家人也好，朋友也好，交往的女孩子也好，都一樣。誰也搞不清楚他心裡到底在想什麼。看他難得唸書，頭腦也不像多好，卻總是拿到接近最高的成績，也是個謎。不過儘管他有這些讓人無法捉摸的地方，但他與生俱來的坦誠親切，卻非常自然地吸引各種不同的人繞到他身邊來，結果也使他自己確實得到了許多東西。在年長者之間，他也頗受歡迎。但是大學畢業以後，他並沒有像周圍的人預想中那樣進入一流企業，卻選擇了一家誰也沒聽過名字的販賣教材的小公司上班。大多數人都為這件事感到驚訝，不過他當然自有打算。他在三年之間，以一個推銷員的身分巡遍全日本的國中和高中，仔細深入觀察現場的老師和學生在硬體和軟體方面需要什麼樣的教材。同時也調查出每個學校花在教材上的預算有多少，回扣的事也記下來。他和年輕的老師們一起喝酒，聽他們抱怨，還熱心參觀他們講課，在那期間他自然也一直維持頂尖的營業成績。

進公司後的第三年秋天，他寫了一本有關新教材的厚厚的企劃書，提給董事長室。那是一個結合錄影帶和電腦，由老師和學生合作參與軟體製作的劃時代新方式教育系統，只要解決技術上的幾個問題，在原理上應該是可行的。

董事長斷然地接受了，並指示以他為主成立一個計畫小組。從此兩年後，他獲得了壓倒性的成功。他所作成的教材系統雖然價格頗高，但並非完全出不了手，只要賣出一次，那麼與軟體有關的售後服務，自然會找上門來，他的公司利潤於是源源不絕。

一切都在他的計算之中，那公司的規模對他來說正合理想。既不是那種會因一連串官僚式會議而把新嘗試抹撥的大公司，也不是那種資本不足的小公司，而且經營陣容還年輕，擁有充分的衝勁。

於是他在三十歲之前，已經實質上擁有高級主管的權限，年收入比同年齡的任何人都高。

二十九歲那年秋天，他和兩年前開始交往的一位比他小五歲的女孩結婚。她雖然並不美得會令人吃驚的程度，不過倒也還滿有魅力，美得足以吸引人們的眼光。教養好、誠實，沒有貪婪的感覺。個性坦率，擁有一副非常漂亮的牙齒。雖然給人的第一印象並不那麼強烈，不過卻是那種多見幾次之後，會讓人越來越有好感的女人。他藉著結婚的機會，向父親的公司以相當於免費一樣的價格，買下位於乃木　的三房兩廳的大廈住宅。

結婚生活也沒有任何問題。兩個人都非常喜歡對方，共同生活進行得極爲順利。他愛工作，她也喜歡做家事，兩個人同樣愛玩。他們還選了幾組夫妻，一起打打網球吃吃飯。從那些夫妻朋友中的一對，以非常便宜的價格買進了一部中古的ＭＧ。雖然每次車檢時要比新型的日本車多花錢，不過仍然買得划算。那對夫妻朋友因爲生了孩子，因此不再需要那部只有兩個座位的ＭＧ，而他們決定暫時還不要生孩子。對他們兩人來說，人生看起來才開始。

他第一次認識到自己已經不再那麼年輕，是在婚後第二年的春天。他同樣也是赤裸地站在浴室鏡子前面，發現自己身體的線條已和過去大不相同了。那簡直是別人的體形。換句話說，到二十二歲爲止他以游泳的訓練鍛鍊起來的肉體遺產，就在那十年之間變了形。酒、美食、都會生活、跑車、平穩的性生活，加上運動不足，以贅肉這醜惡的形態，添附在他的肉體之上。再過三年，我一定會變成一個醜陋的中年男人，他想。

他首先就去找牙醫徹底治療牙齒，其次又和節食顧問簽約作成綜合性節食食譜。先從削減糖分、節制白米、清除脂肪著手，其次酒只要不過量倒是不限制，香煙每天限制不超過十根。肉食決定每週一次。不過他認爲也沒有必要凡事都瘋狂相信，因此在外面吃飯時，他愛吃什麼就吃，只是以八分飽爲原則。

至於運動，他非常了解自己應該做什麼。要想削除身上的肉，像網球或高爾夫球這類看來高尙的運動是沒什麼意義的。每天認眞做二十分鐘到三十分鐘體操，並適度跑步和游泳，應該就足夠了。

原來七十公斤的體重，八個月後減到六十四公斤。原來厚厚下垂的腹部贅肉消除了。肚臍的形狀可以清晰看出，臉頰消瘦、肩幅擴大，睪丸的位置稍低，腿變粗，口臭減少了。

而且他有了女朋友。

對方是在一次古典音樂會中，坐在鄰座因而認識的小他九歲的女孩。她雖然不漂亮，然而卻有某種令男人一見就喜歡的地方。兩個人在音樂會後喝了酒，然後上床，她還單身，在旅行社上班，除了他之外，還有幾個男朋友。他和她都沒打算和對方做更進一步的深交。兩個人每個月一次到兩次約在音樂會場見面，然後上床。因爲他妻子對古典音樂毫無興趣，因此他那從容不迫的外遇事件，在不曝光之下持續了兩年。

他透過這事件學到了一件事。令他吃驚的是，他已經在性方面成熟了。他以三十三歲之年，竟能對二十四歲女人的需求，不愁過與不及而能恰到好處地滿足對方。這對他來說是個新發現。他能夠恰到好處地滿足她。不管贅肉如何消除，他已經再也無法變回年輕了。

他就那樣躺在沙發上，點起當天的第一根煙。

這就是對他來說前一半的人生，三十五年份的那一邊的人生。他所追求的，和追求過的東西大抵都到手了。雖然也靠努力，不過運氣也很好。他擁有了有意義的工作和高收入，幸福的家庭、年輕的戀人、健壯的身體、綠色的ＭＧ、古典音樂唱片收藏。除了這些之外，他不知道還要追求什麼？

他就那樣在沙發上抽著煙，沒辦法好好思考，他把香煙插進煙灰缸按熄，抬頭茫然呆望著天花板。

比利喬現在正唱著有關越南戰爭的歌。妻子還繼續在燙著衣服。沒有任何値得抱怨的。可是當他發覺時，自己竟然哭了。從兩邊的眼睛繼續落下熱淚，眼淚沿著他的臉頰落下，在沙發的軟墊上形成濕痕。自己爲什麼在哭？他無法了解，應該沒有任何理由哭的。或許是比利喬的歌，或許是熨斗的氣味吧。

十分鐘之後妻子燙完衣服走到他旁邊時，他已經停止流淚，而且把軟墊翻過面了。她在他旁邊坐下，說是想買新的客用棉被。對他來說客用棉被是怎麼樣都可以的，所以便回答隨便妳愛怎麼辦都行。她這就滿足了。然後兩個人到銀座去，看楚浮的新電影。兩個人婚前曾經一起看過「野孩子」。新片沒有「野孩子」有趣，不過也不壞。

走出電影院兩個人進了喫茶店，他喝啤酒，她吃栗子冰淇淋。然後他到唱片行去買了比利喬的ＬＰ。那張有關關閉的鐵工廠和有關越南的歌的ＬＰ。雖然不是那麼令人感動的音樂，不過也許他是想再聽一次試試看有什麼感覺吧。

「你怎麼會想買比利喬的ＬＰ呢？」妻子驚奇地問。

他只笑笑，沒回答。

♠

露天咖啡廳的一邊牆上貼了玻璃，可以俯視眼底的游泳池全景。游泳池天花板附有一面細長條的天窗，從這裡射進來的陽光，在水面微微搖晃。一部分光到達水底，一部分光則反射在無機的白色牆面，形成並無意義的奇妙圖紋。

從上方一直凝視下面，我感覺那游泳池似乎逐漸失去一個游泳池的眞實感，我想或許是因爲游泳池的水太過於透明了吧。由於池水比必要的更爲澄清，因而水面和水底之間看來似乎產生了空白的部分。池裡有兩個年輕女孩和一個中年男人正在游泳。他們與其說是游著，不如說簡直像在那空白之上安靜滑著更恰當。池畔有一個漆成白色的監視台，體格美好的年輕監視員好像很無聊似地呆呆望著游泳池的水面。

他結束了這番話之後，舉手招呼女服務生，點了啤酒續杯。我也點了我的。然後在等待啤酒送來之前，兩個人又再無所事事地眺望著游泳池的水面。水底映著水道界繩和游泳者的影子。

我和他認識不過才兩個月，我們都是這健身俱樂部的會員，也就是說我們是游泳夥伴。爲我矯正自由式右腕動作的也是他。我們游完泳之後，曾經在這同一個露天咖啡廳，一面喝著冰啤酒一面聊過幾次天，有一次談到彼此的工作，我說我是小說家，他沉默了一會兒，然後說能不能聽我說一件事。

他說「是有關我自己的事」。「我想應該算是很平凡的事，你或許會覺得無聊，不過我一直想一定要告訴什麼人才行，因爲一個人老是這樣悶著，好像永遠都無法了解似的。」

沒關係，我說，他看來並不像一個會拿無聊事情纏著別人，給人家添麻煩的那種人。假如他特意想對我說什麼？我想那應該是一件值得我認眞聽的事。

於是他說了這些。

我聽了他說的。

「嗨，你以一個小說家的身分，對這件事覺得怎麼樣？覺得有趣，還是覺得無聊？希望你能坦白回答。」

「我想這是一件含有有趣要素的事。」我很用心地坦白回答。

他微笑著，搖了幾次頭。「也許是吧。不過我簡直就不知道這件事到底什麼地方有趣。我無法掌握這件事核心的某種能夠稱得上有趣的東西。如果我能夠確實掌握的話，我覺得好像就可以更清楚地理解包圍我四周的狀況。」

「應該是這樣吧。」我說。

「你知道這件事有趣的地方在哪裡嗎？」他緊緊盯著我的臉說。

「不知道，」我說，「不過我覺得你的話裡有很有趣的地方。如果能以透過小說家的眼光來說的話。不過到底這件事有趣在哪裡，假如不實際動手寫在稿紙上是不知道的。是這樣的一回事。以我的情況來說，如果不化爲文章，很多事情的眞象就看不清楚。」

「你的意思我明白。」他說

然後我們沉默了一會兒，各自喝著啤酒。他在米黃色有領扣的襯衫上穿上了一件淺綠色的開絲米龍毛衣，手在桌上托著腮。修長的無名指上閃爍著銀色的結婚戒指。我試著想像了一下那手指正在愛撫有魅力的妻子和年輕戀人的樣子。

「這件事我可以試著寫寫看。」我說，「不過可能會在什麼上面發表噢。」

「那沒關係。」他說，「而且我覺得能幫我發表出來好像反而比較好。」

「女朋友的事曝光了也沒關係嗎？」我說，以我的經驗來說，以眞正的人物爲模特兒所寫的文章，一定以百分之百的機率被周圍的人知道。

「沒關係。這方面我早有覺悟了。」他若無其事地回答。

「曝光也無所謂噢。」我愼重地再度確認。

他點點頭。

「我本來也不喜歡對什麼人說謊，」臨別之前他說：「那謊話即使明知不會傷害任何人，我也不想說。我不願意像那樣一面瞞騙或利用什麼人，一面度過我剩餘的人生。」

對這點我本想說什麼，但無法順利說出適當的語言，因爲他說的更正確。

我現在依然時常在游泳池和他碰面。已經不談什麼深入的話題，只在游泳池畔談一些天氣的事，或最近音樂會的事而已。他看了我這篇文章之後會做何感想？我也猜不透。

為了現在已經死去的公主

一個在成長過程中，一直被寶貝地呵護，甚至溺愛寵壞到結果無法收拾地步的美麗少女，通常都這樣，她在傷害別人方面，是個天才，是個一流的高手。

因爲當時我還年輕（才二十一或二十二歲），我對她這樣的性向，覺得相當不愉快。現在想起來，才開始逐漸覺得她或許藉著這種習慣性的傷害別人，對自己也造成了同樣的傷害。而且或許除了這樣之外，便找不到其他可以控制自己的方法了。所以如果有一個人，一個站在比她強得多的立場的某一個人，能夠把她身體的某個地方恰得要領地切開來，把那自我放出來，她應該也會輕鬆多了吧。她一定也希望能夠得救的。

但是她的周圍，就是沒有一個比她更強的人，以我來說，年輕時候我還沒有想到這裡，只是單純地感覺不愉快而已。

她如果在某種理由之下——雖然經常是沒有任何理由的——決心要傷害某一個人的話，就算有哪一國國王的千軍萬馬也阻擋不了。她會把那可憐的犧牲者，在眾人環視之下，巧妙地誘進一條死胡同裡，逼到牆根，簡直就像把個煮得爛熟的馬鈴薯，用竹篦擠破壓扁一樣。俐落地把對方燙平。事後除了留下一張薄紙程度的殘骸之外，不留任何痕跡。現在想起來，都會覺得那確實是一種了不得的才能。

雖然她絕不是在理論上辯才過人，但卻能夠在一瞬之間嗅出對方感情上的弱點，然後簡直像野生動物般，靜悄悄地隱身埋伏伺機以待，一旦時機來臨，再捏準分秒照準對方柔軟的喉核，咬緊、撕裂。很多情況下她所說的事情，只是隨意的牽強附會，或要領不錯的敷衍搪塞。所以事後慢慢回想起來，連被捉弄的當事人或周圍旁觀的我們，都要歪頭稱奇，爲什麼就這麼兩三下，竟然已經分出勝負。不過主要是因爲弱點被她牢牢逮住了，所以才變得動彈不得。以拳擊來說就是處於「停腳」狀態。接下來只能不支倒地，別無選擇。我非常幸運，從來沒有被她這麼整過，不過這種光景倒是親眼看過幾次。那既不是爭論、口角，連吵架都沒有。那實在是一種血淋淋的精神上的虐殺。

我對她這方面非常厭惡。可是她周圍的男人卻大多因爲完全相同的理由而給她很高的評價。「這女孩頭腦好，又有才氣。」他們這麼想，於是這又助長了她那種傾向。也就是所謂的惡性循環，沒有出口。就像〈小黑三寶〉裡面的三隻老虎一樣，只能繼續不斷地繞著椰子樹的周圍跑著，直到變成奶油爲止。

很遺憾我不知道她們那夥的其他女孩子們對她當時的情況是怎麼想的、怎麼評價的。我跟他們那夥人始終保持著幾分距離，也就是說因爲我是以訪客似的身分跟他們來往的，因此和任何人都沒有親密到可以探出女孩子們心聲的程度。

他們大多是滑雪的同伴，三個大學的滑雪同好會似的社團，其中各有一部分人經常黏在一起而形成的奇妙組織。寒假裡他們會一起去做長期的滑雪旅行，其他季節則聚集起來練習或喝酒，或到湘南海岸去游泳。人數總共大約有十二、三人，大家都裝扮得滿標致的。既標致又令人好感，滿親切的。不過現在如果有人叫我想出他們其中任何一個比較特別的人，我也絕對想不起來了。他們十二、三個人在我腦子裡，就像融解的巧克力糖一樣，互相完全混合在一起，無法以任何一個形象分離出來，我已經分辨不出他們了。當然只有她是不一樣的。

我雖然對滑雪可以說是完全沒興趣，不過因爲我高中時代的朋友屬於這個團體裡的一份子，而我又因爲某種事情在那位朋友的公寓借住了一個月左右，因而和他們這一夥人認識，而且好像他們也把我當做一夥的看待。我想我能計算麻將的點數也是其中的理由之一，不過前面已經提過，他們對我非常親切，甚至滑雪旅行時都邀我一道去。雖然我說我除了勾腕比臂力之外，其他都沒興趣而拒絕了他們，不過現在想起來，我不該用那樣的說法的。他們眞的是一些很純眞而親切的人。就算實際上眞的對勾腕比臂力遠比滑雪更感興趣，也不應該那樣說的。

和我一起住的那個朋友，從最初一開始到我所記憶中的最後爲止，始終都對她深深著迷。確實她是一個會令大多數男人深深著迷的那種女孩。就以我來說，如果是在稍微不同的狀況下遇見她，我想或許也會對她一見鍾情吧。她的美若要以文章來表現是一種比較簡單的作業。因爲只要集中在三個重點上，就可以大致涵蓋那些特質了。（a）看起來聰明（b）充滿了活力（c）嬌媚多姿。

她雖然個子又瘦又小，但身材體態非常的均勻優美，看起來好像全身充滿精力。眼睛閃閃發光，嘴唇好強地抿成一直線，而且臉上經常流露出好像有幾分難侍候的不悅表情，然而只要偶爾微微一笑，她周圍的空氣簡直就像發生了什麼奇蹟似的，轉瞬之間便柔和起來。我對她的個性雖然並沒有好感，不過對她的微笑方式倒很喜歡。總之不管怎麼樣這點是沒辦法不喜歡的。很久以前，高中時代記得曾經唸過英語教科書上一句這樣的片語「被俘虜在春天裡」(arrested in a spring-time)，她的微笑正好是這種感覺。到底有誰能夠批評溫暖的春日時光呢？

因爲她並沒有特定的男朋友，所以那一夥裡面有三個男孩子——我的朋友當然也是其中的一個——對她很熱中。她並沒有決定把誰當做特定的對象，而是隨著當時的情況，分別巧妙地對待這三個人。而這三個人，至少在表面上，也並不互相扯後腿，都能保持適當的禮貌和君子風度，相當愉快地過著日子，雖然那樣的光景讓我不太能夠適應，不過那畢竟是別人的問題，跟我無關，輪不到我去一一過問。

我從第一眼看到她開始，就討厭她。我在被寵壞的人方面，倒還算是個權威。她是如何地被寵愛著長大的，我彷彿瞭若指掌。被溺愛、被讚美、被保護、有求必應，她是這樣長大的。不過問題並不光是這樣。小孩撒撒嬌、大人給零用錢的程度，並不是小孩被寵壞的決定性要素。最重要的是在周圍大人們成熟而曲折的種種感情的放射中，是誰負起維護小孩的責任？如果每個人都不敢挑起責任，對孩子都一律給好臉色看的話，這孩子便確實被寵壞了。簡直就像赤身裸體地曝曬在夏日午後沙灘的強烈紫外線之下似的，他們柔軟的初生的自我已受到無可挽回的傷害。這畢竟是最大的問題。任其撒嬌或不斷給零用錢，只不過是隨之而來的次要因素而已。

第一次見面，交換過兩、三句話之後，只觀察了一會兒她的言語舉動，說眞的，我已經徹底感到厭煩。就算原因是除了她之外的別人所引起的，我想她也不應該採取那樣的態度。就算人類的自我多少都有所差別，本質上都被定義爲畸形也好，她依然應該做些什麼努力的。因此自從那次之後，我雖然說不上在逃避她，但已經決定如果沒有必要絕不接近她。

聽別人說，她是石川縣或那一帶什麼縣的，一家自從江戶時代一直持續經營到現在的高級旅館主人的女兒。雖然有一個哥哥，但因爲年齡相差很多，所以就像獨生女一樣地被寵著長大。成績一直維持頂尖水準，而且長得又漂亮，因此在學校裡，總是深受老師喜愛，同班同學都要讓她三分。這些雖然不是她親口對我說的，不知道多少是眞多少是假，不過很有可能是這樣。此外她從小就學鋼琴，這方面的造詣已經達到相當的水準。我曾經在某個人家裡聽她彈過一次。因爲我對音樂並不怎麼在行，因此演奏上的感情深度這方面我無法判斷，不過音的感觸是令人驚訝的敏銳，至少音符沒有弄錯。

因此周圍每個人都認爲她當然會進入音樂大學之門，邁向職業鋼琴家之路的，然而出乎意料之外，她卻毅然丟掉鋼琴，進了美術大學；並開始唸起和服的設計和染色。這對她來說，是完全未知的領域，不過因爲從小就在古老和服的圍繞下長大，這種親身耳濡目染的體驗對她的領悟判斷很有幫助，她在這方面也發揮了引人注目的才能。總之不管走上哪一條路，她都屬於表現比別人突出的那一型。無論滑雪、駕遊艇、游泳，讓她做什麼她都很行。

就因爲這樣，她身邊的人都變得沒辦法去指責她的缺點。她的不寬容被大家視爲藝術家氣質，她歇斯底里的性向被當成高人一等的敏銳感性。就這樣她成爲這夥人中的皇后。她住在父親當做稅金對策的一環而購置的根津一棟兩房兩廳的大廈住宅裡，高興時便敲敲鋼琴，讓衣櫥裡塞滿新衣服。她只要拍拍掌（這麼說當然只是比喻式的表現），差不多所有的事情，都有好幾個體貼的男朋友幫她張羅好。很多人都相信將來她在那專門領域會相當成功。當時看來似乎沒有任何事情會妨礙她未來的前程。那是一九七〇年或七一年左右的事。

只有一次在很奇怪的情況下我抱過她。說抱並不是做愛的意思，只不過單純的物理上的擁抱而已。換句話說我們大家全喝得爛醉像沙丁魚般集體躺在一起，當我醒過來時，旁邊正好躺著她，就這樣而已。這是常有的事。不過那時候的情形很奇妙地到現在我還記得清清楚楚。

我醒過來時，是半夜三點，忽然往旁邊一看，她和我一樣捲在同一條毛毯裡很舒服似地呼呼睡著。那是六月初旬，最適合大夥兒打通鋪混雜著睡的絕佳季節，不過由於沒鋪墊被，直接躺在榻榻米上，所以再怎麼年輕，身體仍然不免感到一陣陣的疼痛。再加上她拿我的左臂代替枕頭枕著，因此就是想動也動彈不得。喉嚨極度乾渴，幾乎快瘋掉了，卻不能去撥開她的頭，那麼是不是可以悄悄把她的頭托起來，趁著空檔把手臂抽出來呢？也不行。這麼做的時候，萬一中途她醒過來，結果卻把我的行爲往奇怪的方向誤解的話，對我來說可是消受不了的。

結果我稍加考慮之後，決定什麼也不做，暫時等待狀況的改變。我想她或許過一會兒會翻身過去也說不定，這麼一來我就可以快速地把手臂抽回來，再去喝水就行了，然而她竟然動也不動一下，只是臉朝著我，反覆不停規則地呼吸著而已。我襯衫的袖子由於她沉睡的鼻息而暖暖地濡濕著，令我感覺怪怪癢癢的。

我想大概有十五分鐘或二十分鐘，我一直那樣繼續等待著。但她還是一動也不動，結果我只好放棄去喝水的念頭。雖然喉嚨的乾渴實在難以忍受，不過不見得此時此刻不喝水就會死掉。我辛苦地小心注意在不移動左手之下轉動著頭，發現不知道是誰的香煙和打火機滾在枕頭下，我伸出右手把那挪過來，而且，明明太了解這麼一來喉嚨會更乾渴，還是抽了一根煙。

不過實際上抽完香煙，把煙蒂塞進手邊的啤酒空罐頭熄滅之後，很不可思議的是喉嚨乾渴的痛苦竟然比抽煙之前大爲減輕了。於是我吸了一口氣閉上眼睛，努力想要再睡一次。公寓附近有一條高速公路通過，來往於公路上的深夜卡車彷彿壓碎輾過似的扁平的輪胎聲，從薄薄的玻璃窗外微微搖晃著房間的空氣，幾個男女沉睡的鼻息和輕微的鼾聲與輪胎聲混在一起。而且正如大多數半夜裡在別人房間醒來的人心裡所想的一樣，我也在想「我到底在這樣的地方幹什麼？」眞的是毫無意義，完全是「零」。

由於跟女孩子關係搞不好，鬧彆扭的結果落到被趕出住宿的地方，因而滾到朋友的公寓裡去賴在那兒，明明不愛滑雪，卻莫名其妙地被那群滑雪的夥伴邀來，最後終於把手臂讓給一個自己永遠不可能喜歡的女孩子當枕頭，這光想起來都叫人晦氣。我想我實在不應該這樣。可是不這樣又該怎麼樣呢？想到這一層，我總歸還是沒有一點展望。

我打消想睡的念頭，再度張開眼睛，恍惚地望著天花板吊著的日光燈時，我左臂上的她身體動了一下。不過她並沒有因此而把我的左臂解放出來。相反地她簡直像往我懷裡滑進來似的，身體緊緊貼在我身上。她的耳朵就在我鼻尖前面，散發著正在消散的昨夜的古龍水和微微的汗氣。她輕微彎曲的腳架在我的大腿上。鼻息和剛才一樣，安靜而規則。暖暖的氣息吹在我的喉頭，脇腹上方一帶她柔軟的乳房正配合著呼吸上下地動著。她穿著貼身的毛織襯衫，下襬展開的寬裙子，因此我可以很清楚地感覺到她身體的曲線。

那是一種非常奇妙的狀態，要是在其他場合，對方是其他女孩的話，我想我很可能會相當樂於處在這樣的狀態。可是對象是她，這倒使我十分混亂。坦白說，對這樣的狀況應該怎麼處理才好，我實在不知道。我覺得不管怎麼樣，我所處的立場之愚蠢都到了無可救藥的地步。情況更糟糕的是，我的陰莖就在她的腳緊緊貼著之下開始逐漸變硬。

她雖然發出同樣的鼻息，但是我想可能我陰莖形態的變化，她或許都清楚地把握著也說不定。不久之後，她就像睡眠本身的延續似的靜靜地把手臂伸長繞到我背上，身體在我手臂中輕微轉動一下方向，這麼一來她的乳房更緊緊貼上了我的胸部，我的陰莖則被擠到她柔軟的下腹部。狀況正往更惡劣的方向推進。

我被逼到這樣的狀況，自然對她很生氣，不過同時這種擁抱著一個美女的行爲之中，也包含了某種類似人生的溫暖之類的東西，這種恍惚的氣體狀的感情，已經把我的身體整個包圍起來。我已經無處可逃了。她對我這種精神狀況也清楚地感覺到，而我對這點更加生氣，可是在那膨脹的陰莖所具有的那種奇妙的不平衡感的荒唐之前，我的憤怒已經沒有任何意義了。我在斷念之下，乾脆把另一隻空著的手繞到她背上。因而我們就變成互相緊緊擁抱的姿勢了。

然而雖然如此，我們雙方還是裝成沉沉睡著的樣子。我一面以胸部感覺她的乳房，她以肚臍稍下的一帶感受著我變硬的陰莖，我們一面很長一段時間一直安靜不動。我凝視著她小小的耳朵和纖柔得幾近危險的髮根，她凝視著我的喉頭。我們一面裝作睡著的樣子，一面彼此想著類似的事情。我在想著手指滑進她裙子裡面的事，她在想著拉開我長褲拉鏈用手觸摸溫暖而光滑的陰莖的事。不可思議的是，我們可以瞭若指掌地清楚感覺到對方正在想的事。那是一種非常奇妙的感覺。她在想著我的陰莖。感覺上她所想的我的陰莖簡直不是我的陰莖，卻像是別的男人的陰莖似的，不過雖然如此依然還是我的陰莖。我想到她裙子裡的小內褲，和包在那裡面的溫暖的陰道。她或許也和我對她所想的陰莖所感覺到的一樣，對我所想的她的陰道也有同樣的感覺吧。或者女孩子對陰道，和我們對陰莖的感覺，是以完全不同的方法去感覺的也說不定。這方面的事我就不太清楚了。

不過在相當迷惑之後，我的手指並沒有伸進她的裙子裡，至於她也一樣並沒有把我長褲的拉鏈拉開。當時要抑制它感覺上似乎是一件非常不自然的事似的，不過結果還是覺得幸虧這樣。如果情況繼續往前推展的話，我感覺我們可能會被迫走進一條進退兩難的感情迷魂陣裡去。而且她也感覺到我正在這樣感受。

我們維持同樣的姿勢，擁抱了大約三十分鐘左右，然後當晨光把房間裡的每個角落都清清楚楚地照亮起來之後，身體才分開各自睡下。身體即使分開，我周圍依然飄浮著她肌膚的氣味。

從此以後，我一次也沒見過她。因爲我在郊外找到公寓搬過去住，從此就和那群奇怪的組合疏遠了。其實說奇怪只不過是我個人的想法。我想他們大概從來沒有認爲自己奇怪。以他們來看，或許我的存在才顯得奇怪多了吧。

讓我寄住了一陣子的親切的朋友，從那次以後還見過幾次，碰面時當然應該也會談到她的，不過到底談了些什麼我已經想不起來。大概因爲依然沒有什麼改變的關係吧。大學畢業之後，那位朋友回關西去，我們也就不再見面了。然後過了十二年或十三年，我年紀也跟著大了。

年紀大的優點之一是好奇心的對象範圍被限定了。我隨著年齡的增長，而和這一類特立獨行的人有牽連的機會也比以前少多了。偶爾在某種情況下，會想起從前遇到的這類人，不過那只不過像卡在記憶邊緣的片段風景一樣，已經喚不起我任何的感覺。既不特別懷念，也沒什麼特別不愉快。

只是幾年前，在一次偶然的情況下，遇到說是她丈夫的人，並談了話。他和我同年，是一家唱片公司的製作人。身材高高的，不大講話，感覺相當好的人。髮根長得簡直像競技場的草地一樣整齊地呈一直線。雖然我是因爲工作上的關係和他見面，不過必要的話談完之後，他竟然對我說「我太太說以前認識村上先生呢。」然後告訴我她娘家的姓，那姓和她的人，在我腦子裡一時之間連不上來，不過聽他提起大學的名字和鋼琴的事之後，我才好不容易想到那指的就是「她」。

「我記得。」我說。

就這樣，我才知道她在那次之後的軌跡。

「聽她說在雜誌上還是什麼上面看到照片，立刻就認出是村上先生。她好懷念呢。」

「我也很懷念。」我說。不過我並不認爲她會記得我，所以老實說，與其說懷念倒不如說有點覺得不可思議來得恰當。仔細想起來，我和她見面的時期眞的很短，而且幾乎連直接開口說話都沒有。在意想不到的地方居然會留有自己古老的影子，這種事情想起來倒眞有點不可思議。我一面喝著咖啡，一面想起她柔軟的乳房和頭髮的味道，以及我勃起的陰莖。

「是個很有魅力的女孩。」我說，「她現在好嗎？」

「這個嘛，可以說是馬馬虎虎。」他好像在選擇適當詞句似的慢慢說。

「身體有什麼地方不好嗎？」我試著問。

「不，身體並沒有什麼特別不好，不過，有好幾年之間不能說是很好。」

我無法判斷到底應該問到什麼程度，所以只是先曖昧地點點頭而已。而且說眞的，我對她從那次之後命運到底怎樣，並沒有無論如何都想知道的希求。

「我這樣說話好像很不得要領啊。」他嘴角一面露出微笑一面說，「不過有些地方很難按照順序好好講。正確地說，她現在好多了，至少比以前有精神多了。」

我喝完剩下的咖啡，然後不知道爲什麼猶豫了一下，然後還是決心探問下去。

「也許過分探聽人家的私事很不禮貌，不過不知道她是不是出了什麼事？剛才聽您講的，總覺得還有一點不太明白的地方。」

他從西裝褲口袋掏出 Marlboro 的紅色香煙盒，點了一根煙抽。看來他煙好像抽得很兇，右手食指和中指的指甲已經泛黃變色了。他看了一會兒自己那樣的手指。「沒關係。」他說，「並沒有向世人隱瞞什麼，而且情況也不是很嚴重，只是像單純的事件一樣。不過，我們還是換個地方聊吧，那樣比較好。」

我們走出喫茶店，在夕暮中走了一會兒，才走進地下鐵車站附近的一家小酒吧裡去。好像是他經常去的店，他在櫃檯邊一坐下來，就用很習慣的口氣點了大杯雙份蘇格蘭威士忌加冰塊和一瓶沛綠雅礦泉水。我點了啤酒。他在冰塊上澆了一點沛綠雅，簡單地攪拌後，一口就喝了半玻璃杯。我只沾了一下啤酒而已，然後便一面望著玻璃杯中的泡沫的去向，一面等對方說話。他確定威士忌通過食道而下，並確實地裝進胃袋之後開始講。

「結婚到現在已經十年了。第一次是在滑雪場認識的。我到現在這家公司上班的第二年，她大學畢了業，不知要幹什麼，整天閒逛著，偶爾在赤坂的餐廳裡彈鋼琴。於是總之我們結婚了。結婚方面沒有任何問題。她家和我家，都贊成這門婚事。她非常漂亮，我對她滿心著迷。總之，這是到處都有的平凡事情。」

他把香煙點上火，我再度拿起啤酒呷了一口。

「很平凡的結婚，不過我這樣已經十分滿足了。雖然知道婚前她有過幾個男朋友，不過那對我來說並不覺得有什麼嚴重。說起來我算是一個比較實際的人，就算過去有什麼不妥當的地方，只要現實上不危害什麼的限度之內，我是不會介意的。而且對所謂人生這種東西我認為本質上是平凡的。工作、結婚生活或家庭都一樣，如果這裡頭有什麼趣味的話，那也是由於平凡所以有趣。我是這樣想的。不過她以前並不這樣想。因此很多事情便開始逐漸走了樣。當然我非常了解她的心情。她還年輕、漂亮，充滿了活力。簡單說，她習慣向別人要求各種東西，她習慣人家給她東西，可是我能夠給她的東西無論種類或量都非常有限。」

他又再點了一杯威士忌加冰塊。我的啤酒還剩下一半。

「結婚三年後生下孩子。是個女孩。我自己說這種話也許有點不太合適，不過真是個非常可愛的小女孩。如果還活著的話已經上小學了。」

「死掉了嗎？」我插嘴道。

「就是這樣。」他說，「生下來第五個月死掉的。這是常有的意外事故。孩子睡覺翻身的時候，被子把臉蓋住，造成窒息而死。這不能怪誰，只是單純的意外。如果運氣好的話也許可以防止，結果還是運氣壞。不能責備任何人。有幾個人責備她把嬰兒一個人放在家裡，自己跑出去買東西，她自己也因此責怪自己。不過那是運氣不好。如果是我或你在同樣的狀況下照顧小孩我想或許意外事件也會以同樣的機率發生。你不覺得嗎？」

「我想大概是吧。」我承認。

「就像我剛才說過的，我是個很實際的人。而且對死這件事情，是從小就看多了，十分習慣。我家裡也不知道爲什麼，是個事故死亡很多的家族，經常有這一類的事情發生。所以小孩比父母先死，並不覺得特別稀奇。而對父母來說，沒有比失去孩子更悲慘的事，這倒是沒有經驗過的人無法了解的。不過就算是這樣，我想最重要的還是留下來還活著的人。我是一直這樣想著過日子的。所以問題不在我的心情，而是她的心情。她從來沒有受過這樣的感情上的訓練。你是知道她的吧？」

「嗯。」我簡單地說。

「所謂死是一件極特殊的事件。我常常會想到，人的生，有很大一部分，是被別人的死所帶來的能源、精力或者說缺陷感也好，這類的東西所規定、限制的。不過她對這些事情實在太沒有防備了，簡單說就是這樣。」他說著把雙手交握在櫃檯上。

「她太習慣於只會認眞地考慮自己的事情，因爲這樣，別人不在所帶來的痛苦，她連想像都無法想像。」

他笑著看我的臉。

「終究，她是完全被寵壞了。」

我默默點點頭。

「不過我……實在找不到合適的表現方式，總之，我是愛她的。就算她把她自己或我或周圍所有的人全都傷害光了，我也不會想要放棄她。所謂夫婦就是這麼回事。結果那件事後的一年左右，沒完沒了的繼續發生了一些亂七八糟的事。那是沒有救的一年。神經都耗損了，對未來也沒有任何展望。不過，我們終於還是度過了那一年。我們把一切和嬰兒有關的東西全部燒掉丟掉，搬進新的公寓。」

他把第二杯威士忌加冰塊喝乾，很舒服似地深呼吸。

「我想你如果看到現在的內人，大概會認不出來了。」他一面凝神瞪視著正面的牆壁一面這樣說。

我默默喝著啤酒，抓起花生。

「不過我個人還是比較喜歡現在的內人。」他說。

「已經不再生孩子了嗎？」我過一會兒之後才問道。

他搖搖頭。「大概不行吧。」他說：「我是無所謂，內人的狀態恐怕不行。這倒不去管它，我是有沒有都可以的。」

酒保勸他再來一杯威士忌，但他斷然拒絕了。

「什麼時候請打個電話給內人吧。我想她大概需要這一類的刺激。因爲人生還長嘛！你不覺得嗎？」

他在名片背面用原子筆寫下電話號碼遞給我。令我吃驚的是，從市外局號看來，他們竟然和我住在同一個地區。不過關於這點，我什麼也沒提。

他結了帳，我們在地下鐵的車站分手。他爲了處理未完的工作而回公司去，我則搭電車回家。

我還沒有打電話給她。她呼吸的氣息、肌膚的溫熱和乳房柔軟的感觸還留在我體內，這些使我又像十四年前的那個夜晚一樣，一陣混亂無法平息。

嘔吐1979

因爲他是一個具有如此稀有能力，可以在長期時間內，一天也不遺漏地寫日記的少數人之一，因此可以精確引述自己嘔吐的正確日期是從哪一天開始，哪一天結束。他嘔吐是從一九七九年六月四日（晴）開始，同年七月十五日（陰）結束的。他是一位年輕插畫家，曾經有一次和我搭配爲某一本雜誌工作過。

他和我一樣，也是個舊唱片收集者，此外他還喜歡和朋友的女朋友或太太睡覺。年齡應該是比我小兩、三歲。他確實在他以往的人生裡，曾經和好幾位朋友的女朋友或太太上過床。也曾經在到朋友家玩的時候，趁著朋友到附近酒店買啤酒，或正在洗澡時，就和他們的太太完成好事。他常常告訴我這些事。

「在急迫匆促之下做愛，也還眞不壞。」他說，「幾乎連衣服都沒脫，就盡快了事。平常一般的做愛不都有逐漸拉長時間的傾向嗎？所以偶爾反其道而行，光是變換一下觀點試試看，就相當愉快喲。」

當然不光只是這類輕鬆作業式的做愛，自然也有那慢慢花時間享樂的正常性行爲。總之他就是喜歡和朋友的女朋友或太太睡覺這種行爲本身。

「其實我並沒有什麼偷情之類的曲折想法。我只覺得跟她們睡覺，感覺非常親密，也就是說一種家庭式的感覺。因爲其實那只不過是做愛而已呀。只要不被拆穿，誰也不會受到傷害。」

「到目前爲止都沒被拆穿過嗎？」

「當然沒有。」他多少有些意外地說。「這類的行爲，除非自己具有想要顯露的潛在願望，否則並不那麼容易顯露出來。只要好好注意，不要做出或說出一些故弄玄虛的事去暗示什麼。還有最主要的是，剛開始就要先清清楚楚地定出基本方針。也就是說這僅止於親密遊戲，並不打算深入，也不願意傷害任何人。當然不用說，這必須選擇比較迂迴的用語事先說明。」

對我來說，實在難以相信這種事情眞的能夠如他所說的一樣，一切的一切都那麼順利，不過因爲他看來也不像是個以吹牛自豪的人，因此或許正如他所說的一樣也不一定。

「結果她們大部分都希望如此。她們的丈夫或男朋友——其實也就是我的朋友們——大多數都比我強得多。比我英俊、比我聰明，或許陰莖比我大也說不定。不過這些對她們來說並不重要。對她們來說，只要對方在某種程度上還算正常、親切，而且善體人意，就行了。她們所要求的，是超越所謂的戀人或夫婦之類的，在某種意義上安定的框框之外，還能確實被關心在意的感受。這是基本原則。當然，雖然表面上是有許多不同的動機。」

「例如什麼？」

「例如對丈夫不忠的一種報復、或排遣無聊、除了丈夫之外還有別的男人關心的自我滿足感之類的。我對這些，只要一看對方的臉就大致明白了。沒有任何所謂know-how，這純粹是與生俱來的本能，有的人就有，沒有的人就沒有。」

他自己並沒有固定的女朋友。

前面已經說過，我們是唱片的收集者，偶爾會彼此交換唱片。雖然我們都在收集五十年代至六十年代爵士樂唱片，可是彼此收集的對象範圍卻微妙地有些出入，因此交易可以成立。我的收集以西海岸的白人樂團爲主，而他則以柯爾曼赫金斯和雷儂漢普頓之類接近中間派的後期唱片爲主。因此他擁有派帝喬利三重唱的Victor版，而我擁有畢克狄肯遜的"Mainstream Jazz"，這兩者在雙方同意之下，便順利交換成功。兩個人一面喝著啤酒，一面花一整天檢討唱片的品質和演奏的特色，於是若干這類的交易便達成了。

他告訴我有關那件嘔吐的事，就是在這類唱片交換會之後。我們在他的公寓裡，一面喝著威士忌，一面談音樂，然後談酒，談完酒之後又進入酒醉的話題。

「我以前曾經一連持續吐了四十天之久，每天，一天也沒停過。話雖如此，卻並不是喝酒才吐的。也不是身體不舒服。沒有任何原因只是吐。這一連繼續了四十天。四十天喏。可不簡單喏。」

他剛開始吐那天是六月四日，不過關於嘔吐，他沒有任何可以抱怨的理由。因爲前一天夜裡，他讓相當數量的威士忌和啤酒流入胃裡。而且，照例和朋友的太太睡覺。也就是一九七九年六月三日之夜。

因此六月四日早晨八時，就算他把胃裡所有的東西，全吐在便器中，根據與世間一般常識的對照，也並非什麼特別不自然的事。雖然酒後嘔吐，是大學畢業以後的第一次，也不能因此就說那是不自然的事。他按下沖水把手，把那不快的嘔吐物沖到下水道，然後坐在桌前開始工作。身體狀況不錯。說來反倒是屬於爽快之類的一天。工作處理進行順利，中午之前肚子也很準確地感到飢餓。

午餐時做了火腿小黃瓜的三明治吃，喝了一罐啤酒。三十分鐘之後，第二次的噁心來臨。他又把三明治全部吐進便器中。變成稀爛的麵包和火腿浮上水面。雖然如此身體依然沒有不快之感。並沒有什麼不舒服，只是吐了而已。喉嚨深處好像有什麼卡住似的，於是只不過想試一下而彎身到便器上時，胃裡的一切，便像從魔術師的帽子裡，拉出鴿子、兔子和萬國旗之類的一樣，源源不絕地湧出來。如此而已。

「嘔吐這種經驗，我在濫飲無度的學生時代曾經有過好幾次。也曾經坐車船暈過。不過這次的嘔吐，和那時候完全不一樣。連嘔吐時特有的胃部收縮似的感覺都沒有。胃沒有任何感覺，只是食物自然往上推出來而已。完全沒有任何所謂滯礙之類的東西，也沒有不快的感覺，或令人窒息的氣味。因此我覺得非常奇怪。不是一次，而是兩次。不過總之我有點擔心，所以決定暫時不沾一切含有酒精的東西。」

可是第三次的嘔吐，卻在第二天早晨按時來臨。他前一天夜裡吃剩的鰻魚和早餐吃的桔子醬英國鬆餅幾乎全部吐了出來。

嘔吐過後正在浴室刷牙時，電話鈴響起，他走出來接，一個男人的聲音，叫過他的名字，便把電話突然掛斷，只是如此而已。

「是不是和你睡覺的對方的先生或男朋友，故意整你的電話呢？」我試著說。

「誰知道呢。」他說，「他們的聲音我都很熟。那絕對是我從來也沒聽過的男人的聲音。聽起來令人非常不舒服的電話聲音。結果那電話每天都打來。六月五日開始到七月十四日爲止，怎麼樣？幾乎和我嘔吐的期間完全一致吧？」

「可是惡作劇電話和噁心嘔吐有什麼關聯，我一點也搞不懂。」

「我也一點都搞不清楚。」他說，「所以我才到現在還一直爲那件事覺得混亂不清。總之電話每次都是一樣的調調。鈴聲響起，說完我的名字，然後砰然掛斷。每天總要打一通電話來。時間則不一定。有時候是早晨打來，有時候是黃昏打來，半夜裡也有過。其實我可以不去接那電話的，可是因爲工作性質上的需要不得不接，何況也有時候是女孩子打來的……」

「說的也是。」我說。

「和這平行的是嘔吐也沒一天停止，一直繼續下去。我覺得吃進去的東西，都原樣吐了出來。吐完肚子非常餓，就又吃飯，吃進去以後又全部吐出來。簡直是惡性循環。雖然如此，平均起來吃三餐有一餐沒吐而順利消化，似乎因此好不容易總算把命保住了。如果吃了三餐，三餐都吐掉的話，那非得靠打營養針否則就沒救了。」

「你沒去看醫生嗎？」

「看醫生啊？當然我也到附近醫院去看了。而且還是個滿像樣的綜合醫院。照X光、檢查尿都做了。因爲或許有癌症的可能性，因此還是去檢查看看。可是沒有任何地方不好。完全健康。結論是可能胃慢性疲勞或精神性緊張，拿了胃藥回來。醫生要我早睡早起，少喝酒，不要爲一些小事情胡思亂想。不過總不能說我笨。要是說胃慢性疲勞我也很知道。如果有人胃變成慢性疲勞而沒有感覺的話，那傢伙一定準是個呆子。所謂慢性疲勞，胃會覺得沉重，或胸口發燒難過，或食慾不振之類的，即使會嘔吐，也是在有了這些症狀之後才發生的。不可能只是想吐而已。而我卻只有嘔吐，除此之外沒有任何症狀。如果不是肚子總是覺得很餓的話，身心狀態都好極了，連頭腦都非常清楚。

「而且說到緊張，我完全沒有這種感覺。雖然工作是積壓了很多。可是我並沒有因此而受不了，女孩子方面也順利得沒話說。三天上一次游泳池游泳游個夠……你說，這不是沒得挑剔嗎？」

「應該是吧。」我說。

「只是吐了而已。」他說。

他一連吐了兩星期，電話鈴聲也繼續響。第十五天他實在煩透了，把工作放下來，就算不能停止嘔吐，至少電話總可以逃開吧？於是他在飯店訂了房間，決定在那兒一整天看看電視、讀讀書度過。一開始，看起來好像萬事進行順利。他把午餐的烤牛排三明治和蘆筍沙拉全部吃乾淨。或許換個環境產生良好效果吧，這些食物都在他的胃裡安頓下來，終於被完全消化掉。三點半時，他在飯店咖啡廳和好朋友的女朋友約會。把櫻桃派和黑咖啡一起送進胃裡，這也很順利。然後他和那位好朋友的女朋友睡覺。關於上床的一切也毫無問題。他把她送走之後，一個人吃晚餐。就在附近的日本料理店，吃了豆腐、鰆魚的西京燒、醋泡菜、味噌湯和一碗飯。酒依然一滴也沒沾，那是六點半的事。

然後他回到房間，看完電視新聞，便開始看馬克班（Ed McBain）的新作《87分局》。一直到九點都沒想嘔吐，因此他終於鬆了一口氣。兩個星期以來，第一次能夠這樣滿足而持久地感覺吃飽。他期望一切都能像這樣持續下去，並朝好的方向進展，一切狀況都能恢復原狀。他把書合上，打開電視，用搖控器換了幾次頻道之後，決定看西部老片。電影十一點結束，然後開始播最後一次夜間新聞。新聞播完之後，他把電視關掉。因爲非常想喝威士忌，甚至動了念頭，想這就上樓頂的酒吧間去喝個睡前酒，不過想想還是作罷。好不容易才有這麼難得清潔的一天，他不想弄髒它。關了床頭的讀書燈，他鑽進毛毯裡。

電話鈴響起，是在半夜。睜開眼睛一看錶，時間是二點十五分。剛開始他還睡意矇矓，怎麼也弄不清楚，爲什麼這時候電話會響。不過他依然搖了搖頭，不知不覺中便伸手拿起了話筒來聽。

「喂！」他說。

熟悉的聲音像平常一樣叫了他的名字，下一個瞬間便把電話掛掉了，然後耳朵只聽到嘟的發信聲。

「不過你不是沒告訴任何人你住在哪家飯店嗎？」我問。

「對呀，那當然。我誰也沒說。除了那個和我睡過覺的女孩。」

「她會不會向什麼人洩漏了秘密。」

「那又爲什麼呢？」

這麼一說也對。

「然後我就在浴室把一切都吐了出來。魚和米之類的全部。簡直就像電話把門打開，並開了路，而嘔吐就從這裡進來一樣。

「吐完之後，我在浴缸邊坐下，試著在腦子裡稍微把各種事情按照順序整理起來。首先第一個想到的是：那電話一定是有人巧妙設計的玩笑或惡作劇。雖然不知道那傢伙怎麼會知道我住在這家飯店，不過這暫且不管，總之是那種人爲的勾當。第二種可能性是我的幻聽。雖然一想到我居然會經驗到幻想式的聽覺，便覺得很呆，不過冷靜分析起來，這種可能性也不能排除。也就是說覺得『電話鈴響了』於是拿起電話，又覺得『有人在叫我的名字』。其實是什麼也沒有。原理上有可能對嗎？」

「也許是吧。」我說。

「於是我打電話到櫃檯，說想確定一下剛才有沒有人打過電話到這個房間，可是沒有用。因爲飯店的總機系統，只能一一檢查從內部打出去的電話，而相反地從外面打進來的電話卻完全沒有留下記錄。因此無從查起。

「以住飯店那天晚上爲一個分界，我從此以後對很多事情開始愼重地思考。我是說有關嘔吐和電話的事。首先這兩件發生的事，有某個地方，不能確定是全部或局部，但總之似乎有關。其次我漸漸明白，這兩件事都似乎並不如我剛開始時所想像的那麼輕鬆。

「在飯店住了兩夜再回到家之後，嘔吐和電話依然如故以同樣的情形繼續下去。爲了試驗也曾到朋友家住過幾次，電話依然照樣打到那邊去。而且一定也是朋友不在，我一個人在的時候才打來。因此，我漸漸開始覺得有點不對勁，簡直像有什麼眼睛看不見的東西，一直站在我後面，觀察我的一舉一動，而且算好差不多的時間，便打電話來給我，或在我胃的深處用手指一戳。這很顯然是分裂症的最初徵候，對嗎？」

「可是好像很少有分裂症的患者擔心自己是不是分裂症的吧？」我說。

「對，你說得對。而且也沒有分裂症和嘔吐相關的例子。這是大學醫院的精神科說的。精神科醫師幾乎不太理會我。據說像我這種程度症狀的人，每一輛客滿的山手線電車車廂大概有二點五人到三人左右，醫院沒有那閒工夫去一一關照這些人。他說嘔吐去找內科，惡作劇去找警察。

「然而或許你也知道，這世界上警察不管的犯罪有兩種，一種是惡作劇的電話，一種是自行車小偷。因爲兩者都件數太多，就算是犯罪來說也微不足道。連這些都要一一去管的話，警察的機能會癱瘓掉。因此我的事根本就沒人願意聽。惡作劇電話？那麼對方說什麼？只說你的名字？其他什麼也沒說？那麼請你在那邊把名字寫下，如果有什麼新的發展再跟我們聯絡——大概就這樣了。我說那爲什麼對方會知道我的行蹤呢？他們也不管，如果我再堅持追究的話，他們恐怕要懷疑我頭腦是不是有毛病了。

「因此我終於明白，我既不能依賴醫師也不能找警察。也就是說我只能靠自己一個人的力量去設法解決，除此之外別無其他辦法。我這樣想是大約在那『嘔吐電話』開始後第二十天左右吧。雖然我認爲自己肉體和精神都算是相當強悍的，但這時候卻也有點沒輒了。」

「不過你和那位朋友的女朋友倒是搞得很好吧？」

「嗯，對。正好那個朋友有事到菲律賓出差兩星期，我們在那段日子玩得很樂。」

「你跟她玩得正樂的時候，電話沒打來過嗎？」

「那倒沒有。我想只要查一下日記就知道，應該是沒有。電話都是我一個人的時候打來的。嘔吐也是在我一個人獨處的時候。所以我那時就想到，爲什麼我一個人獨處的時間這麼長呢？說眞的，平均起來一天二十四小時裡，我二十三小時多都是一個人獨處。因爲我一個人住，工作上也幾乎沒什麼交往，工作上的事情大半都以電話解決，女朋友是別人的女朋友，飯九成是在外面吃，做運動向來也是一個人游泳，至於說到興趣，就像這樣一個人聽骨董品一般的唱片，何況工作也屬於必須一個人集中注意力才行的種類，朋友雖然有，但到了這種年紀都各忙各的，不可能常見面……這種生活你了解嗎？」

「嗯，我懂。」我同意。

他在冰塊上注入威士忌，用手指繞圈子攪拌後喝了一口。「因此我坐下來好好思考。從今以後我該怎麼辦？難道就像這樣獨自一個人爲電話和嘔吐一直煩惱下去嗎？」

「你應該好好找一個正常的女朋友，屬於你自己的。」

「當然我也想過，那時候我已經二十七歲，安定下來也不壞，但結果還是不行。我不屬於這種類型的人。怎麼說呢？我沒辦法忍受這種輸法。我是說居然光爲了噁心或惡作劇電話之類沒什麼道理的理由而投降，並輕易改變自己的生活方式，所以我決心奮鬥到底，直到我體力和精力的最後一滴都被榨光爲止。」

「哦？」我說。

「要是村上兄你會怎麼辦？」

「這個嘛？我實在難以想像。」我說，眞的無法推測。

「噁心和電話依然繼續下去。體重也減輕了不少。請等一下——嗯，對了——六月四日的體重是六十四公斤、六月二十一日是六十一公斤、七月十日已經變成五十八公斤。五十八公斤哪！以我的身高來說簡直是難以相信的數字。因此我的西裝全部不能穿了，結果走起路來褲子都要一面按著呢。」

「我有一個問題，你怎麼不用電話錄音之類的呢？」

「當然因爲我不想逃避。如果這樣做，豈不等於告訴對方我正在傷腦筋嗎？這是比耐力呀。看是對方先受不了，還是我先累倒。嘔吐也一樣，我開始覺得這是一種理想的節食法。幸虧體力並沒因爲這樣而極端下降，日常生活和工作也都能照常進行，所以我又開始喝起酒來。從早上就開始喝啤酒，天一黑就開始猛喝威士忌。反正喝不喝都要吐，那麼就沒什麼分別，倒不如喝了比較爽、比較甘心。

「然後我到銀行去提錢，到西裝店去買了一套適合新體型的西裝，兩條西褲。試著照照西裝店的鏡子，發現瘦一點也很不錯。仔細想想：吐並不是怎麼嚴重的事。既不像痔瘡或蛀牙那麼痛，也比瀉肚子高級。當然這只是比較上的問題。只要營養不成問題，也沒有得癌的可能性，那麼嘔吐這件事本質上並沒什麼害處。因爲人家美國還有賣減肥用人工嘔吐劑呢！」

「於是——」我說：「那嘔吐和電話就一直持續到七月十四囉？」

「正確說的話——請等一下——正確說，最後一次嘔吐是七月十四日的早晨九點半，那次把土司、番茄沙拉和牛奶吐出來。而最後一次的電話是那天晚上的十點二十五分，那時候我正一面聽著艾羅加尼爾(Errol Garnel)的"Concert by The Sea"，一面喝著人家送的Seagram's VO——怎麼樣？有寫日記還滿方便的吧？」

「果然方便。」我同意，「於是從此以後兩方面都忽然停了嗎？」

「忽然停了。像希區考克的電影『鳥』裡面一樣，早晨打開門一看，一切都過去了。嘔吐和電話都再也沒發生。然後我體重又恢復到六十三公斤，西裝和西褲還吊在衣櫥裡，像是一種紀念品似的。」

「打電話來的人到最後爲止完全都是同樣的聲音嗎？」

他頭輕輕往左右搖。然後以有點恍惚的眼光望著我。「不。」他說，「只有最後一次電話和平常不一樣。首先是對方叫出我的名字，到這裡爲止和平常一樣，然後那傢伙這樣說『你知道我是誰嗎？』然後沉默了一會兒，我也默不作聲。我想大概有十到十五秒左右，兩邊都沒發出聲音。然後電話掛斷了。只留下嗡——和每次一樣的發信聲。」

「他眞的照你講的說『你知道我是誰嗎？』？」

「一字一句都不差，就是這樣。緩慢而客氣的說法。『你知道我是誰嗎？』可是那聲音我實在記不得。至少最近五、六年來有關的人裡面，沒有那種聲音的人。不知道是很久以前，也就是小時候認識的人，或者是很少說過話的人，不過我也想不起會被這樣的人怨恨的任何過節。我並不記得對任何人有過什麼過分的事情，而且我也沒有受歡迎到令同業仇恨的地步。那麼，跟女人的關係，正如剛才說的有些可疑的地方，這點我承認。活了二十七年，總不可能像嬰兒一樣潔白吧。不過我剛才也說過，那些人的聲音我都知道。一聽就會聽出來。」

「可是，一個正常人是不會專門跟朋友的女人睡覺的吧？」

「那麼──」他說：「村上先生的意思是說那是我心裡的某種罪惡感──連自己都沒留意到的罪惡感──以嘔吐或幻聽的形式表象化了嗎？」

「我沒說，是你說的。」我更正。

「噢──」他說完把威士忌含進口裡，抬頭望望天花板。

「此外我想還有一種可能。那就是被你搶走女朋友的男人中的一個，請了私家偵探跟蹤你，並且為了懲罰你，或警告你，而讓他打電話給你。至於嘔吐只是身體的變調，正好這兩件事情偶然發生在同一段時間。」

「怎麼說都似乎有道理。」他好像很佩服似地說：「眞不愧是小說家。不過，如果以第二種假設來說，我並沒有因此而停止和她睡覺，爲什麼電話卻突然不再打來了呢？不合邏輯吧。」

「大概沒耐心了，或者沒錢再繼續請偵探了。不管怎麼樣，這只是假設而已。如果只要假設就行的話，一百個、兩百個都想得出來。問題是你要採取哪一種假設？還有從這裡又能學到什麼？」

「你說學？」他意外地這樣說。然後把玻璃杯底頂著額頭有一會兒。「你說的學是指什麼？」

「當然是指如果同樣的事再發生一次怎麼辦？下次說不定就不止四十天了。無緣無故開始的事又毫無理由地結束。反過來也可能。」

「烏鴉嘴！」他一面吃吃地竊笑，一面說。然後恢復一本正經地說：「可是說起來也眞奇怪。你不說，我倒是一次也沒想過。也就是……你說的那個會再重來一次的可能。喂！你眞的覺得還會再來嗎？」

「這種事怎麼可能知道呢！」我說。

他時而轉著玻璃杯，時而小口小口地喝著威士忌，然後把空了的杯子放在桌上，用衛生紙擤了好幾次鼻子。

「或許——」他說：「或許，下次會發生在完全不同的人身上噢。例如村上先生。因爲村上先生也未必完全潔白吧？」

後來，我和他又見過幾次面，互相交換些談不上前衛的唱片、或一起喝酒，大約一年兩、三次左右。因爲我並不屬於寫日記一型的人，沒辦法知道正確的次數。幸運的是到現在爲止，他也好、我也好都不曾再遇到嘔吐或電話。

避雨

最近我在看一本小說，有一段文章這樣寫：付錢而不和女人性交是個正當男人的條件之一。看過之後，覺得頗有道理。

我覺得頗有道理，並不一定表示我認爲這種說法是正確的。只是承認也有這種想法而已。至少我可以坦然接受有些男人是抱著這樣的信念而活的事實。

以我個人的情形來說，我也會付錢而不和女人性交。雖然以前沒做過，以後也並不打算做，不過這不是信念的問題，而是所謂興趣的問題。因此我覺得不能斷然說，付錢和女人睡覺的人是不正當的，只是剛好「因緣湊巧」碰上這樣而已。

除此之外，也可以這樣說——

我們多多少少都在付錢買女人。

從前，當我還更年輕的時候，當然沒有這樣想過。我只是非常單純地以爲性交是免費的。只要某種善意和某種善意（或許也有許多別種稱呼方式）相遇，就非常自然地，像自然燃燒一樣發生性的想法。年輕的時候，確實這就順利行得通了，大概想付錢也沒錢可付。自己沒有，對方也沒有。在一個陌生女子的公寓裡過夜，早晨起來一面喝著速泡咖啡，一面分吃著冷麵包，像這樣的生活，也能樂在其中。

然而年紀漸大，隨著日漸成熟，我們對整個人生有了更不相同的看法了。也就是說我們的存在或現實，並不是由各種不同層面拼拼湊湊聚起來的，而是怎麼也不可能分離的一個整體的這種看法。換句話說，我們工作獲得收入，讀喜歡的書，投票選舉，去看夜場表演，和女人睡覺，這每一種作業並非一一獨立發生機能的，結果只不過是同一樣東西，以不同名稱來稱呼而已。因此性生活的經濟層面就是經濟生活的性層面，是十分有可能的。

至少現在的我，是這樣認爲。

因此我不太可能像我們讀著的那本小說中的主角一樣簡簡單單地就斷言：「付錢和女人睡覺，不是正當人做的事」。那可能以選擇之一而存在，我只能這麼說。爲什麼呢？就像前面說過的，我們平常眞的是買了許多東西，賣了許多東西，交換了許多東西，因此最後往往變得完全搞不清楚賣了什麼、買了什麼。

雖然我沒辦法說明清楚，不過我想結果就像這樣。

當時和我一起喝酒的女孩對我說，她幾年前曾經拿錢和無數個不認識的男人睡過。

我們喝的地方在表參道進入澁谷區的一家像新式餐廳酒吧似的店裡。備有三種加拿大威士忌，還有輕便的法國菜，大理石櫃檯上青菜整棵堆積在上面，擴音機播放著桃樂絲黛的"It's Magic"，一些設計師或插畫家之類的人聚在一起談一些感覺革命之類的話題，像這一類的店。像這種店任何時代都有，一百年前就有，一百年以後也應該還有吧。

我走進這家餐廳，只因走到那附近時突然下起雨來。我在澁谷談完事情，一面漫無目的地散步，一面想到「派德拍譜」（pied pipar）去看看唱片的途中下起雨來。距離黃昏還早的時間，店裡幾乎沒有人影，朝街面的牆是破璃的，因此可以看到外面雨勢的大小，我打算一面喝啤酒，一面等雨停。皮包裡有好幾本剛買的書，要打發時間並不困難。

菜單送來，我看了啤酒那項，光是進口的就排了二十幾種品牌，我隨便選了一種啤酒，下酒點心令我猶豫了一下，最後要了一碟開心果。

季節是夏末，街上飄著一股適合夏天結尾的空氣。女孩子們皮膚都曬紅了，臉上一副「那種事情我了解」的神色。大粒的雨滴瞬間把柏油路面全染黑了。街道恢復了光亮。

那群嘈雜的人群，一面啪嗟啪嗟地收著傘，一面衝進店裡時，我正在讀著索爾貝婁（Saul Bellow）的小說。索爾貝婁的小說就像大部分索爾貝婁的向來的小說那樣，並不適合等雨停時打發時間讀的，於是我折個記號把書合上，一面剝著開心果的殼一面觀察那群人。

那群人總共七個，四男三女。年齡看來從二十一到二十九，全體的裝扮就算不至於走在流行的最前端，也都還相當入時。有的頭髮立起來，有的穿著縐巴巴的軟料阿羅哈夏威夷衫，有的穿著臀部隆起的長褲，有的戴黑框圓形眼鏡之類的。

他們一進來，就圍在中央一張卵形的大桌子旁坐下。看來似乎是經常到這店裡來似的；果然誰也沒開口之前，威士忌酒瓶和冰桶就送上來了。服務生輪番向大家遞菜單。雖然看不出他們是何等人種，不過大概可以猜出現在開始正準備幹什麼。可能是碰頭討論工作有關的企劃，也可能是召集工作有關的檢討會。等到每個都喝得爛醉，團團轉著相同的話題之後，握手散會。其中一個女孩子醉倒了，由其中一個男的招計程車送回家，如果順利的話，就順便上床鑽進棉被裡去。這是一百年前開始就繼續到現在的古典聚會。

等我對這群人觀察夠了之後，便開始眺望窗外的景色。雨還繼續下著。天空依然像被蓋上蓋子似的漆黑一片，看來這場雨似乎要比預想中要下得長的樣子。道路兩旁匯集了雨水形成快速的激流。餐廳對面有一家泡菜老鋪，玻璃櫃裡排著煮好的豆子、切片蘿蔔乾之類的食品。小卡車下面一隻大白貓正蹲著躲雨。

心不在焉地望著這些風景有一會兒之後，眼睛移回店裡，一面吃了幾個開心果，一面考慮要繼續看書還是不要時，一個女孩子走到我桌子前面，叫了我的名字。是剛才進到店裡來的七人一群中的一個。

「對嗎？」她說。

「對。」我吃驚地回答。

「還記得我嗎？」她說。

我看看她的臉，有印象但記不得是誰，因此我老實說了。女孩子拉開我對面的椅子，在那兒坐了下來。

「我曾經採訪過村上先生一次。」她說。這麼一說確實有這回事。因爲是我出第一本小說的時候，因此離現在將近五年了，她是一家大出版社所屬女性月刊雜誌的編輯，負責書訊專欄，在那上面登了我的採訪稿。對我來說那次確實是我當了作家之後第一次被採訪。那時候她留著長頭髮，穿著端莊漂亮的洋裝，我想應該比我小四、五歲吧。

「妳變了很多，所以沒認出來。」我說。

「是嗎？」她說著笑了。她頭髮剪成流行的短髮，穿著一件像腳踏車的防水布做成的寬鬆卡其色襯衫，耳垂戴著兩片流線形金屬片。要說是漂亮也可以稱得上漂亮，一張輪廓清楚的臉蛋，這樣的打扮倒也相當配她。

我喊服務生來，點了雙份冰威士忌。服務生問我要什麼牌子的威士忌。我試探著問他有沒有Chivas Regal，結果居然有Chivas。然後我轉向她問她要喝什麼。她說一樣的就可以。於是我點了兩客雙份Chivas 冰威士忌。

「妳不在那邊可以嗎？」我瞄了一眼中央桌子的方向後說。

「沒關係。」她立刻說，「工作上的關係一起喝一點而已，而且公事也差不多談完了。」

威士忌送來了，我們各自拿起破璃杯碰嘴。就像平常一樣散發著Chivas 的酒香。

「村上先生，你知道那本雜誌倒掉了嗎？」她說。

她這麼一提，我想起是聽說過。以雜誌本身來說，評價不錯，不過銷路並不好，因此兩年前公司把它停刊了。

「所以那時候我也被調職，派到總務課，雖然我也曾經反抗過，那樣太不合理了，結果還是被公司強迫調過去，因爲波波折折覺得好煩，所以就辭職了。」她說。

「可惜是一本滿好的雜誌啊。」我說。

♠

她辭掉公司職務是在兩年前的春天，在那前後，她和交往了三年的男朋友也分手了。原因說來話長，不過這兩件事情關係密切。簡單地說，他和她是同一本雜誌的編輯。男的比她大十歲，已經結婚，有兩個孩子。男的一開始就沒有打算要和妻子離婚跟她在一起，關於這點也對她明說了，她覺得那樣也沒什麼關係。

男的家住在田無，因此在千駄谷附近租了一家會員制旅館的房間，工作忙的時候，每星期在那裡住兩、三天。她也每星期在那裡住一天。他們的交往方式絕不勉強，關於這些細微的部分，男方已經很熟練，而且細心，對她來說這樣也輕鬆。因此兩個人的關係，在三年之間一直繼續而沒有被任何人發現。在編輯部裡甚至還被認爲他們兩人處得不好。

「不簡單吧？」她對我說。

「眞的。」我雖然這麼說，不過心裡卻覺得常有的事。

雜誌的停刊已經決定，人事異動發表了，男的被昇爲女性週刊的副總編輯。女的前面已經說過，被調到總務課。女的向公司抗議說當初是應徵編輯進來的，所以希望能調到編輯性質的工作，可是公司以雜誌方面目前實力不夠，不可能再增加編輯人員為理由而拒絕。反而說等一年或兩年後會再調她到編輯部。然而她不認為事情會有這麼順利。一旦從編輯部的領域被排除出來的職員，就無法再回到以前的部門，從此只能埋沒於販賣課或總務課的文件堆裡，永遠再也抬不起頭來，這種例子她看多了。懸空一年變成兩年，兩年變成三年，三年變成四年，於是年紀漸漸大了，逐漸喪失做為第一線編輯人員的感覺。她不想變成這樣。

她試著託男朋友，把自己拉到同一個部門，男的說，我當然會努力試試看，不過可能沒希望。現在我的發言力量非常有限，而且如果太明顯去爭取，讓別人懷疑也不好。倒不如在總務課忍耐一、兩年，我想到那時候我的力量會比較強，可以把妳昇上去，所以還是這樣吧。這樣最好。

騙人！她想。其實男的是膽小。他滿腦子只想到自己可以跳槽到別的部門，卻不打算為她動一根手指。一面聽著男的說詞，她的手在桌子下一面不停地顫抖。她覺得每個人都在踐踏她，她眞想往男的臉上潑滿杯咖啡，結果還是覺得自己很傻而作罷。

「是啊，或許是。」她對男的說完，微微一笑，然後第二天便向公司提出辭呈。

「這種事情，聽起來很無聊吧？」她說，像用舔似地喝了一口威士忌，然後用那小心塗了指甲油形狀美好的拇指指甲剝著開心果殼。我覺得她剝開心果的聲音聽起來好像比我剝的聲音好聽多了。

並不無聊，我一面望著她的拇指指甲一面說。她把剝開的兩片殼放進煙灰缸裡，果仁放進嘴裡。

「怎麼扯到這話題上來了。」她說，「不過剛才看到村上先生在這裡，忽然覺得好懷念。」

「懷念？」我有點吃驚地反問。到目前爲止我只見過她兩次，而且也沒有特別親近地談過話。

「總之，怎麼說呢，好像遇見以前相識的朋友一樣。雖然現在已經在不同的世界，不過以前曾經是關係非常重要的人……其實雖然並沒有什麼具體的關係。不過我說的你能了解吧？」

好像可以了解，我說。總而言之，對她而言我這種人就像一種記號似的——再說得好聽一點，只不過是一種節慶式，或儀式性的存在而已。我這個人的存在，在她以日常平面所掌握的世界中，並不具實質的意義，這樣一想我覺得有點不可思議。

那麼像我這樣的人，到底屬於何種日常的平面呢？我想。

這是個困難的問題。而且是個與她無關的問題。因此關於這件事我什麼也沒說。只說「好像可以了解。」

她伸手又拿了一顆開心果，像剛才一樣用拇指指甲剝著。

「我只希望你知道，我並不是對每個人都這樣到處亂講的。」她說，「正確的說，這件事我是第一次跟人家講。」

我點點頭。

窗外還繼續下著夏天的雨。她把拿在手上玩弄著的開心果殼丟進煙灰缸，然後開始繼續說。

她辭職以後，立刻主動打電話給工作上認識的編輯朋友們、攝影師、自由作家等，到處告訴人家她辭職和正在找新工作。其中有幾位說可能可以幫她找到工作。也有人當場就叫她明天開始去工作。大多是ＰＲ雜誌或地方雜誌或流行服飾廠商編的簡介之類的小工作，不過總比在大公司裡整理傳票要好太多了。

工作總算內定了兩個地方，她知道這兩個合併一起做的話，收入並不比以前差，才終於放心。於是她請求延後一個月去就職，在那期間她決定什麼也不做，只看看書、看看電影，或去小旅行一下。雖然數額不多，不過還是領到一些退職金，生活不成問題。她去找一位自己編雜誌時代認識的髮型設計師，把頭髮剪成現在這個樣子，再到那位設計師常去的服裝店，買了一整套和髮型搭配的衣服、鞋子、皮包和飾品。

辭職後的第二天傍晚，過去的同事兼男朋友打電話來。他一說出名字，她什麼也不說便把電話掛了。十五秒鐘之後，電話鈴聲又再響起。她拿起聽筒，還是同一個人打來的。這次她沒掛電話，卻把聽筒塞進肩帶皮包裡把拉鏈拉上。從此以後電話再也沒打來過。

那一個月她悠閒地度過。結果並沒去旅行。仔細想想本來就不是很喜歡旅行，而且和男人分手的二十八歲女人，獨自一個人去旅行似乎也太過於美得落俗而掃興。她在三天之內看了五場電影、去聽音樂會、到六本木的熱門音樂廳去聽爵士樂現場演奏。然後從準備空閒下來要唸的整堆書中隨手翻著讀，或聽聽唱片，還到體育用品店去買了慢跑鞋和運動褲，每天試著在附近慢跑十五分鐘。

剛開始的一星期一切都還算順利。從煩雜而耗神的工作解放出來，現在可以隨心所欲地盡情去做自己喜歡的事情，眞是一件痛快的事。高興的時候就做做菜，天黑之後一個人喝喝啤酒或喝點葡萄酒。

然而這休假，大約過了十天以後，她體內有了某種改變。再也沒有一部電影她想看的，音樂只覺得吵鬧而已，LP唱片連聽完一張都沒辦法，一看書就頭痛。做菜吃每道菜都味道不對。慢跑自從有一天被一位似乎不懷好意的學生似的男人跟蹤之後就完全停止了。神經異樣地緊張，半夜醒過來，覺得好像有人在黑暗中一直注視著自己似的。遇到這種情形她把棉被蒙頭蓋上渾身發抖直到天空泛白爲止。食慾低落、一整天心神不寧，做什麼都不起勁，什麼都不想做。

她試著打電話給認識的隨便什麼人，其中有幾位跟她閒談或替她出主意，不過他們也都工作很忙，總不能老是一直陪她聊。「再過兩、三天現在的工作就可以告一段落，到時候再去喝一杯如何。」說完他們就把電話掛了。然而兩、三天後並沒有打電話來邀她。一定是剛告一個段落，又立刻投入另一件工作去了。她自己這六年來也一直重複過著這樣的日子，因此非常了解這樣的情況。所以自己也不願主動打電話去打攪別人。

天黑之後待在家裡很難過，因此她每天入夜之後，便穿上剛買的新衣服外出，到六本木或青山一帶的雅致酒吧，一個人慢慢啜著雞尾酒，直到最後一班電車的時刻來臨。如果運氣好的話，遇到從前認識的朋友，可以談談天消磨時間。運氣不好的話（雖然這種時候是壓倒性的多數），誰也碰不到。運氣再壞的話，在回家的末班電車上，裙子被陌生男人的精液沾上，或計程車司機上來搭訕。在一千一百萬人口的擁擠都會中，她感覺自己似乎孤獨得難以忍受。

她第一次睡覺的對象是個中年醫師。他長得很英俊，穿著品味高尚的西裝——雖然後來才知道——是五十一歲。她在六本木一家爵士俱樂部獨自飲酒時，那個男人走到旁邊來，說道「妳等的人似乎沒出現，坦白說我也一樣，如果妳不介意的話，我們可以一起等到任何一方的朋友出現為止，好嗎？」之類經常慣用的對白。雖然是個古老又古老的圈套，不過因為他的聲音非常好聽，所以她略為猶豫之後就說「沒關係，請坐」。然後兩個人聽了一會兒爵士樂（好像稀釋過的糖水般的鋼琴三重奏），喝了酒（他寄在酒吧的專用瓶丹尼爾〔Daniel's〕），聊了天（六本木的往事）。當然他的朋友並沒有出現。時鐘繞過十一點時，他說我們找個安靜的地方吃點東西吧。她說她現在必須回高圓寺了。他說，那麼我開車送妳。她說，不用送，可以自己回去。他說，那麼這樣好了，我在這附近有個房子，乾脆在那兒住下來怎麼樣？不，當然假如妳不喜歡的話，我不會勉強妳做什麼。

她沉默不語。

他也默不作聲。

我很貴噢。她說。爲什麼會那樣說，自己也沒辦法了解。不過這句話極其自然地順口溜出了。一旦說溜了嘴的話，是再也收不回去了。她於是緊咬著嘴唇瞪著對方。

對方微微笑起來，在玻璃杯裡注入新的威士忌。「可以呀。」對方說，「金額說看看。」

「七萬。」她即席回答。爲什麼是七萬呢？完全沒有根據。雖然如此她覺得金額如果不是七萬就不行。另一方面她也想到如果說七萬，男的或許會拒絕。

「而且外加全套法國大餐如何？」男的說著舉起威士忌玻璃杯，仰頭喝乾，站了起來。「那麼走吧！」男的說。

「妳說是醫生對嗎?」我試著問她。

「嗯，是啊。」她回答。

「是什麼方面的醫生?我是指專門……」

「獸醫。」她說，「說是在世田谷開獸醫院。」

「獸醫……」我說。對我而言獸醫買女人這回事，一時之間無法適當了解。不過當然獸醫也可以買女人。

獸醫請她吃了法國大餐，然後帶她到神谷町十字路口附近他的大廈套房裡去。他對她溫柔相待。既不粗暴，也沒什麼變態的舉動。兩個人慢慢的相交，隔了一小時之後，再度相交。剛開始，她對於陷入這種狀態感到極爲慌亂，不過在他慢慢的愛撫之下，多餘的顧慮一點一點地消失，逐漸專注於性交。男人抽出陰莖去淋浴之後，她在床上躺了一會兒，一直閉著眼睛。然後她發現這些日子以來，一直梗塞在她體內的難以名狀的焦躁，已經完全消失無蹤。不得了!她想，怎麼會變成這樣呢?

早上十點她醒過來時，男人已經去上班了。桌上有一個信封裝了七張一萬圓的鈔票，信封旁邊放著房間的鑰匙。還有一封信，寫著鑰匙請投入信箱裡。還寫說冰箱有蘋果派、牛奶和水果。此外還說「如果妳不反對的話，希望最近還能再見一次，所以等妳想的時候，請打電話來這裡。一點到五點我一定會在。」並且夾了一張寵物店的名片。名片上有電話號碼。二三一一的號碼，旁邊還附加注音符號小字「咪咪汪汪」。她把那封信和名片撕成四片，擦亮火柴在水槽燒掉。錢則收進皮包裡。冰箱裡的東西連碰都沒碰。然後她叫一部計程車回到自己的公寓。

「從那次以後又有過幾次拿錢和不同的人睡過。」她對我說。然後沉默。

我兩隻手肘支在桌上，雙手在嘴唇前面交叉握拳。然後喊服務生過來，又點了兩客威士忌，終於威士忌送上來了。

「要什麼下酒點心？」我試著問。

「不用了。眞的請不要介意。」她說。

我們又再小口小口地啜著加冰塊的威士忌。

「我可以問一個問題嗎？或許有些過分的。」我試著問她。

「當然，沒關係。」她說。然後眼睛有點睜得圓圓的望著我的臉，「因爲我想老老實實說出來，所以現在才這樣子向村上先生告白呀。」

我點點頭，剝著剩下不多的開心果殼。

「其他時候，是不是每次都七萬圓呢？」

「不。」她說，「沒這回事。每一次順口說出來的金額都不一樣。最高是八萬圓，最便宜是四萬圓吧。看對方的臉，直覺地說出數字。不過金額說出來以後倒是從來也沒有被拒絕過呢。」

「眞不簡單啊。」我說。

她笑了。

她在那次「休假中」一共和五個男人睡過覺。對象都是四十幾歲或五十幾歲，有身分、有品味，習慣於玩樂的男人。她都在不會被認出來的不常去的店裡釣男人。一旦釣過男人的店，她就不再踏進去。大多的男人都在旅館開房間，在那裡睡。只有一次被要求做出奇怪的動作，其他的對象都極爲正常。錢也都照付不誤。

然後她的「休假」結束了。重新回到趕完一個工作又立刻趕另一個工作的日子。雖然PR雜誌、區域雜誌和商品簡介之類的，不像大雜誌那麼有權威和對社會具有影響力，不過反而可以一切都照自己的意思去發揮。現在和過去比起來，倒可以說現在比較快樂。她有了一個比她大兩歲的攝影師男朋友，再也不想爲了錢去和男人睡覺了。目前這個階段工作很有趣味，因此並不打算立刻結婚，不過她說，再過兩、三年或許會有這個意思。

「到時候會和村上先生聯絡。」她說。

我在小手冊上的記事欄寫下住址，撕下來交給她。她向我道謝。

「對了，那時候和各種男人睡覺拿到的錢結果怎麼處理？」我問。

她閉上眼睛喝著威士忌，然後咯咯地笑。「你認爲會怎麼樣？」

「不知道啊。」我說。

「全部金額存了三年定期存款。」她說。

我笑了，她也笑了。

「到時候或許會結婚或幹什麼，錢多少都不夠用，你不覺得嗎？」

「應該是。」我說。

中央桌的那群人大聲喊著她的名字。她轉身向後面，揮揮手。

「不能不走了。」她說，「讓你聽了這麼長一段話，眞抱歉。」她說。

「我不知道這樣說是不是妥當，不過話題滿有意思的。」我說。

她從椅子上站起來，嫣然一笑，非常動人的笑臉。

「嗨！」我說，「如果，我說我想付錢跟妳睡覺，我是說如果噢。」

「噢。」她說。

「妳會開多少？」

她稍微張開嘴唇吸了一口氣，考慮了三秒鐘，然後再度微微一笑，說「兩萬圓。」

我從褲袋掏出皮夾子，試著算算裡面放了多少錢，一共是三萬八千圓。

「兩萬圓加旅館費，這裡的帳、還有回家的電車費，正好是這個數目吧？」

眞的如她所說的。

「晚安。」我說。

「晚安。」她說。

走出外面，雨已經停了。因爲是夏天的雨，因此不會下得很長。抬頭看看天上，很稀奇的有星光閃爍。泡菜老鋪早已關門。貓剛才躲雨的小卡車也不知去向了。我在雨停的路上走到表參道，肚子餓了，於是走進鰻魚屋去吃鰻魚。

一面吃著鰻魚，我一面想像付兩萬圓和她睡覺的情形。雖然和她睡覺本身或許不錯，可是相對的因此而付錢這回事卻有點奇怪，我想。

然後我想起從前，做愛像山林火災一樣免費的那時候。那眞的是像山林火災一樣免費的。

棒球場

「大約已經是五年前的事了，我住在一個棒球場旁邊。那是大學三年級的時候。說是棒球場其實也沒那麼大得不得了，只不過是原野上長了些毛的程度而已。至少捕手後方的網子是有的，投手的踏板是有的，一壘長椅旁邊有簡單的得分板，整個球場用一圈鐵絲網圍起來。外野沒有鋪草皮，代替的是長了乾巴巴的雜草。廁所有一間小的，但沒有更衣室或保管箱之類的設施。這球場的主人是在那附近擁有一家大工廠的製鐵公司，入口掛著一塊未經許可禁止閒人入場的牌子。一到星期六和星期天，那家製鐵公司的職員和工人所組成的各種團隊就來這裡舉行草地棒球比賽。此外那家公司也有正規的軟式棒球隊，平常的日子那些球員就在這裡練習。另外也有所謂女子壘球部。看來似乎是一家喜歡棒球的公司。不過住在棒球場旁邊，其實也不壞。我住的公寓就建在三壘長椅的正後方，我住在二樓，一打開窗戶眼前過去一點就是鐵絲網。因此每當我無聊的時候——其實白天似乎每天都很無聊——便呆呆望著職員的棒球比賽或棒球隊的練習以消磨時間。不過我之所以住在這裡，並不是爲了看棒球。其實完全是爲了另外的原因。」

年輕人說到這裡，便中斷了話題，從上衣口袋掏出香煙，開始抽起來。

我和這年輕人那天是第一次見面，他寫得一手非常有魅力的字。我會想和他見面，說起來原來也是因爲他那手有魅力的字所引起的。雖說是有魅力，但他的字之美，卻和世上常見的鋼筆習字式的流利無緣，那應該說是屬於不工整而樸素並且有個性的那種字。每一個字左右搖晃不定像鐵釘一樣不均衡，有些線條過長或過短。然而雖然如此，他的字依然有一種像唱歌一般的大氣魄。我有生以來還從未看過如此優美而有韻味的鋼筆字。

他以那樣的字，在稿紙上寫了七十張左右的小說，並以小包裹寄到我家裡來。

我家經常會有這類的原稿寄來。有時候是複印的，有時候是親筆寫的。本來我或許應該過目之後，寫點感想的信或什麼的，不過因爲我不太喜歡這樣的事，同時也不擅長——總而言之我是個想法極端個人化的人——因此我總是附上拒絕的信，把稿子寄還給本人。雖然也覺得過意不去，但總不能從錯誤的井裡汲水呀。

然而這年輕人寄來的七十張稿紙的小說我卻不得不讀。一個原因前面已經說過，字實在太有魅力了，能夠寫出這麼不尋常的字的人，到底會寫出什麼樣的小說？我無論如何總想一探究竟。此外另一個原因是那原稿所附的信的文章，非常有禮貌，既簡潔又坦誠。給您添麻煩我覺得眞是過意不去。這是我一生中第一次寫小說，自己都決定不下不知道該如何處理，只覺得一片混亂，自己想寫的素材和自己所寫出來的作品之間有很大的差距，因此我實在不明白到底這對作家有什麼意義，如果能夠給我極短的批評也好，對我都是再高興不過的事——信上這樣寫。品味良好的信紙。沒有錯別字，因此我就讀了他的小說。

小說的舞台是新加坡的海岸。主角是一位二十五歲的單身上班族，他和女朋友一起請了假，到新加坡來。那海岸有一家專門賣螃蟹的餐廳。兩個人都非常喜歡吃螃蟹，而那家餐廳本來是以當地人爲對象開的，所以價錢非常便宜。因此他倆每天傍晚就到那裡去喝新加坡啤酒，然後大吃螃蟹料理。新加坡有幾十種螃蟹，而螃蟹料理則有上百種之多。

然而有一天晚上，走出餐廳回旅館房間之後，他覺得非常不舒服，就在浴室吐了起來。胃裡滿是螃蟹的白肉。他一直盯著浮在便器水上的那些塊狀的肉時，覺得那些東西似乎稍稍在動著。剛開始他以為那可能是自己眼睛的錯覺，然而肉確實在移動著。感覺就像皺紋在扭曲似的，肉的表層在顫顫地抖動。那是白色的蟲。和螃蟹肉一樣顏色的白色微小的蟲子幾十隻，浮在肉的表面。

他胃裡的東西又再一次全部徹底吐出來。胃收縮成像一個握緊的拳頭一般大小，苦澀的綠色胃液的最後一滴都被他吐了出來。就算這樣還不夠，他把漱口水咕嘟咕嘟喝下，然後又把它全部吐出來。不過關於蟲子的事他沒有告訴女朋友。他問女朋友會不會想吐。女朋友回答，不會，你大概喝太多啤酒了。她說。大概吧。他說。可是那天傍晚他們兩人是從同一個盤子吃同樣的料理的。

那天夜裡，男人在月光下望著睡得沉沉的女人的身體，然後想到那裡可能在蠕動著無數的微小的蟲子。

是這樣的一個故事。

題材有趣、文章結構也嚴謹。如果以生平第一次所寫的小說而言是寫得非常好的。而且更主要的是字很漂亮。不過說眞的，和字的魅力比起來，那篇作品以小說來說魅力的程度就大爲低落了。雖然確實算整理得不錯，可是以小說來說，卻幾乎完全沒有起伏和高潮，從頭到尾都均等而平板。

當然我對別人的小說作法並沒有下決定性判斷的立場。不過他的小說所具有的缺點，是屬於宿命性之類的缺點，連我也看得出來。總而言之是無從改起的。小說中就算只有一個突出而優異的部分也好，就可以把它當做重點而讓這篇小說的水準提昇上來（原理上而言）是可能的。然而他的小說卻沒有這個。隨便拿任何一部分來看，都很平均而平板，沒有什麼能夠咬住人們感情的地方。但是對一個沒見過面的陌生人，實在不方便坦白地把這感想寫下來寄出去。因此我只寫了一封大意是這樣的簡短書信「由於相當有趣，因此只要削減多餘的說明部分，再仔細琢磨之後，我想就適合寄到某個雜誌去應徵新人獎了。除此之外更詳細的批評已經超越我的能力範圍。」附在原稿裡寄回去給他。

一星期之後，他打電話來，說雖然覺得很麻煩您，不過是否可以見一次面？他說他今年二十五歲，在銀行上班，工作地點附近有一家味道相當不錯的鰻魚屋，爲了感謝我給他的批評，雖然簡慢但希望能請我吃一頓飯，不知道我喜歡什麼。既然已經踏上了船，而且是請吃鰻魚，再加上這事有點不可思議，因此決定赴約去一探究竟。

我從他的字體和文章的感覺，潛意識裡開始想像他應該是個清瘦的年輕人，然而實際見了面發現他比一般標準胖。雖說如此也還不至於到肥的地步，只是肌肉長得有點餘裕的程度而已。兩頰豐滿額頭寬闊，鬆鬆的頭髮從正中央往兩側分開，戴著細框圓形眼鏡。整體看來清潔而教養良好的樣子。服裝品味也頗端整。這方面倒是和想像中一樣。

我們互相打過招呼之後，便在一個小房間對面坐下，喝啤酒吃鰻魚。用餐之間幾乎沒觸及小說的話題。我誇獎了他的字，他似乎對字被誇獎感到非常高興。然後他談到銀行工作的內幕。他的話相當有趣。至少比讀他的小說有趣多了。

「關於小說的事我們別再提了。」話告一段落之後，他好像在辯解似的說了，「說眞的，你幫我原稿寄回來之後，我又仔細重讀了一遍，連自己都覺得不好。或許修一修某些部分可以稍微好一點吧，不過就算這樣也和我想寫的樣子完全不一樣。眞的本來不是要這樣寫的。」

「那是不是眞正發生的事情？」我吃驚地問他。

「嗯，當然是眞有其事。那是去年夏天的事。」他一副理所當然的表情說，「除了眞的發生過的事之外，我是沒辦法寫好的。因此只能寫眞正發生過的事。從頭到尾一切都是眞實發生的事。不過，雖然如此，寫出來的東西再讀起來卻沒有眞實感。問題就在這裡。」

我曖昧地應答他。

「我好像還是照舊在銀行上班比較好。」他一面笑一面說。

「不過以故事來說是相當特別，我原來以爲不是實際發生的事。我還以爲徹頭徹尾完全是想像虛構成的呢。」我說。

他把筷子放下，一時直盯著我的臉瞧。「我很難說清楚，只是我老是碰到一些奇怪的體驗。」他說，「說奇怪其實好像也不是怪得離譜，如果有人說不奇怪也好像沒什麼奇怪。不過對我來說，那些事情有點奇怪，好像跟現實有點脫節似的。也就是說在新加坡海岸的餐廳吃過螃蟹，然後吐了，還有蟲子出現，可是女孩子那邊卻什麼也沒事，還睡得沉沉的，像這種事情，說怪也怪，說不怪也不怪。你說對嗎？」

我點點頭。

「這類事情，我心裡有好多。因此我想寫小說試試看。不愁沒有題材，所以應該是要寫多少就可以寫多少的。但實際試著寫之後，我發現小說並不是這樣的東西。如果擁有很多有趣題材的人，就可以寫很多好小說的話，那麼小說家和金融業就沒什麼差別了噢。」

我笑了。

「不過很高興能跟您見面。」他說，「託您的福很多事情總算搞清楚了。」

「你不需要感謝我，倒是你所提到的那種所謂奇怪的經驗，能不能隨便講一個來聽聽？」我說。

他聽了我的話似乎有點吃驚的樣子，他把玻璃杯裡剩下的啤酒一口喝乾，然後用毛巾擦了一下嘴邊。「要講我的事情是嗎？」

「對。當然如果你想留著當做自己小說的題材的話那就另當別論。」我說。

「不，小說已經不敢領教了。」他說著在臉前搖搖手，「說出來一點都沒關係，因為我喜歡講話。只是我覺得好像光在講我一個人的事，實在過意不去。」

我卻喜歡聽別人的事情，所以你不用介意，我說。

於是他開始談起有關棒球場的事。

「棒球場的外野後方是河濱，河流對面有幾棟公寓零零落落地建在雜木林裡。因爲那是離都心相當遠的郊外，所以周圍還留下不少的田地。一到春天可以看到雲雀在空中繞著圈子飛。不過我會住在那裡的原因，不怎麼能夠稱得上牧歌式的，而是俗氣得多的。我那時候對一個女孩子很著迷，但她卻似乎一點也沒注意到我。她長得相當漂亮，頭腦也好，有點令人難以接近的感覺。她和我是同一年級，而且參加同一個大學的社團，不過從她的口氣聽起來好像她已經有了固定的男朋友似的。其實她有沒有男朋友，我就不知道了。社團裡其他的夥伴們對她的私生活也一無所知。於是我決定對她的生活來個徹底調查。如果能夠知道有關她的各種事情的話，應該就能掌握一些頭緒，如果不行的話，至少也可以滿足我的好奇心。

「我從社團名簿上所登記的地址查出中央線最末端的車站，下車後再搭巴士，找到了她所住的公寓。她的公寓是鋼筋水泥的三層樓房，蓋得相當氣派。陽台朝南面臨河濱，可以一直眺望到很遠的對面。河的對面是寬闊的棒球場，可以看到在打棒球的人們的姿態。球棒打球的聲音，和喊叫聲都聽得見。棒球場那一邊可以看到聚集了很多房子。我確定她住的房間在三樓的左邊之後，便離開公寓，跨過了橋，走到河的對面來。由於橋在很下游的方向，因此越過河流花了相當長的時間。我順著河岸再走到上游在她公寓對面站定，眺望她房間的陽台。陽台上排列著幾盆盆栽，角落裡放著一個洗衣機。窗上掛著蕾絲窗簾。然後我沿著棒球場外野的圍網，從左外野繞到三壘的方向。然後就在三壘旁邊發現了一棟坐落方位正好的破爛公寓。

「我找到那公寓的管理員，問他二樓有沒有空房間。湊巧得很，由於季節正是三月初，所以有好幾間空房間。於是我把那些房間每間都繞過，選了一間完全和我的目的吻合的房間，決定就在那兒住下來。當然是可以對她的房間一覽無遺的地方。在那一星期之內，我把行李整理好，就搬進了那個房間。建築物很老舊，窗戶朝東北，房租驚人的便宜。其次我回到家裡——我老家在小田原，因此以前每個週末都回家——我請求父親借給我一個特別大的照相機的望遠鏡頭。然後我把它裝在三腳架上放在窗子邊，調整到可以看得見她公寓房間的方向。剛開始並沒有打算要偷看，可是想到可以用望遠鏡頭試試看，便實際去試看了，簡直難以相信房間居然看得一清二楚，簡直就像伸手可及似的。甚至書架上的書名都可以讀得出來呢。」

然後他停頓了一下，把香煙在煙灰缸按熄。「怎麼樣？還要講到最後嗎？」

「當然。」我說。

「新學期開學時她回到公寓來。於是我就可以對她的生活完完全全眺望個夠了。因爲她的公寓前面是河邊，對過去是棒球場，而且房間又在三樓，因此她似乎完全沒有想到自己的生活會被誰偷看到。一切都完全合乎我的目的。到了晚上雖然她還是會把蕾絲窗簾拉上，可是那種東西只要房間裡開燈就起不了任何作用。因而我就可以隨心所欲地探望她的生活動態，還有甚至她的身體。」

「拍了照片嗎？」

「沒有，」他說，「我沒拍照。如果做到那個地步，會覺得自己非常髒似的。雖然光是偷看說起來可能也已經相當髒了，不過我覺得還是必須劃出一條界線才行。因此我沒有拍照。只有一直悄悄地看著而已。不過逐一去觀察女孩子的生活也眞是一件怪事。因爲我沒有姊妹，而且也從來沒有和任何特定的女孩子有過深交，因此女孩子平常的生活到底都在做些什麼，簡直是毫無所知。所以，很多事情對我來說，眞是好驚奇，甚至打擊也不小。詳細情形實在很難描述，我就不說了，不過眞的好奇怪吔。你可以了解嗎？」

「我想可以了解。」我說。

「這種事情如果是面對面一起生活，或許會逐漸習慣也不一定，然而一旦唐突地跳進擴大的框框裡，卻變得很畸形了。當然我也知道喜歡這種畸形的人在這世界上還不算少數。不過我並不屬於這種類型的人。看著這樣的情形，覺得好悲哀、令人窒息難過。因此我大約連續偷看了一星期之後，決心不再做這樣的事了。我把望遠鏡頭從相機上拆下來。連同三腳架一起丟進壁櫥裡去。然後站在窗邊眺望她公寓的方向，外野圍牆的上面一點，正好在右外野和中鋒的中間一帶，看得見她公寓的燈光，像那樣子看著看著，我對於各種人每天的營生，開始懷有幾分溫柔的感觸。然後想道：這就好了。這一星期觀察的結果，大體可以知道她並沒有固定的男朋友，而且現在還來得及把各種事情完全忘光，重新回到原來的地方，也就是說要的話明天就去約她，如果順利的話，說不定從此兩個人就變成一對情侶呢！我想。然而事情並沒有這麼簡單。因為我已經無法再不去偷看她的生活了。當我看著棒球場對面隱約可見的公寓燈光時，我發現我身體裡面想要把它擴大而且清晰刻畫出來的慾望正逐漸增大。而且，要把這慾望完全壓制下來，以我的意志力是不可能的。就像嘴巴裡面舌頭逐漸腫大，最後終於快要窒息了似的同樣的感覺。這該怎麼說才好呢？既是一種特殊的感情，同時又是一種非特殊的感情。好像我體內的暴力性簡直就和液體一樣，從毛孔滲透出來的那種感覺。我想大概誰也沒辦法讓這種事情停止下來吧。這樣的暴力性居然會隱藏在我的體內，過去連我自己都毫無所知。

「就因爲這樣，我把照相機、望遠鏡頭和三腳架又從壁櫥裡抽出來，和以前一樣地架設起來，繼續眺望她的房間。實在沒辦法不這樣。因爲，偷看她的生活這件事情，似乎已經變成我身體機能的一部分了。所以正如眼睛不好的人無法脫掉眼鏡一樣，就像電影上出現的殺手，槍不能離開手一樣，我如果不能從照相機觀景窗裡取得她的空間的話，就無法生活下去了。

「理所當然地，我對世上其他各種事物的興趣已經逐漸消失。學校和社團我都幾乎不再露面。網球或機車或音樂之類的，過去我還相當熱中的事情，現在也都逐漸無所謂了，和朋友之間的交往也大爲減少。不到社團去露面，是因爲和她面對面漸漸覺得難過起來。而且心裡也害怕她會不會突然指著我的鼻子，在大家面前說出『你幹的好事我全都知道』。當然我明明知道，這樣的事情實際上是不會發生的。因爲如果她發現了我的行爲的話，在提出任何意見之前，首先應該會把窗簾先放下來吧。不過雖然如此，我依然無法從這惡夢中逃出來，也就是在大家面前，把我的悖德行為——這很明顯的是悖德行為吧——公然暴露出來，讓大家批判、輕蔑，然後就那樣被社會放逐的惡夢。事實上我做過好幾次、好幾次這樣的夢，嚇得渾身冷汗地跳起來。因此學校幾乎都去不成了。

「也開始完全不在意服裝了。我本來有喜歡把自己穿戴得很整齊的癖好，結果從此來個一八〇度大轉變，變得同一件衣服一直要穿到髒兮兮的為止。鬍子幾乎難得刮一次，理髮店也不去了。因此房間裡有一股像腐爛的臭水溝一樣的氣味。啤酒罐頭啦、速食食品空盒啦、隨處亂塞的煙蒂，之類的東西簡直像被風颳亂的或怎麼的，整個房間一片散亂，我就在這裡面繼續追逐著她的影子。這樣大約經過三個月之後暑假到了。暑假一到她好像迫不及待似的回到北海道的家裡去。我用望遠鏡頭一直追逐著她把書本、筆記、衣服一一塞進返鄉用的皮箱裡去的作業。她把冰箱的插頭拔掉、瓦斯源頭開關關緊、檢查窗戶是否關好、打了幾通電話，然後才走出公寓。她走掉之後，整個世界變成一片空白。她出去以後，什麼也沒留下。就像是她把這個世界所必要的東西全都掛在身上一起帶走了似的。於是我變成空白一片。有生以來從來沒有感覺如此空虛過。好比從心中生出來幾條管子，被一把抓住再使盡全力整個連根拔掉了似的，那種感覺。胃陣陣噁心，腦子什麼都無法思考。我感到孤獨，而且好像分分秒秒被推擠著朝向更悲慘的地方流去似的。

「不過和這同時，我內心深處也覺得大大的鬆了一口氣。結果我被解放了。由於她已經不存在的事實，使我得以從泥沼中拔出來，這是靠我自己的力量無論如何也辦不到的。這兩種想法——也就是說想要把她的生活永無止境地繼續擴大的想法，和自己已經被解放了的想法——把我的身體往兩個完全相反的方向拉扯，我在她走掉後的幾天裡非常混亂。不過那幾天度過之後，我稍微變正常了。我洗了澡、去理了髮、整理了房間、洗了衣服。於是我逐漸恢復成原來的我。由於我實在太簡單就恢復成原來的我了，因此使得連我自己都無法相信自己。眞正的我到底是什麼呢？」

他笑著把雙手十指交握在膝蓋上。

「整個夏天我都在用功讀書。由於沒怎麼去學校，所以我的學分成績就像風前的燭光一樣。眼前的問題是暑假結束時所舉行的前期考試，爲了補我出席不足的份，必須拿到相當好的成績才行。我回到父母家裡，幾乎哪裡也不去，一心準備應付考試。在這樣的情況下，我逐漸忘記她的事情。當暑假幾乎快結束時，忽然想起來，我已經不再像以前那樣對她那麼著迷了。

「雖然沒辦法說明得很恰當，但我想靠著偷看這種行爲，人類很可能陷入分裂的傾向。雖然或許應該說是憑著擴大比較恰當。也就是說，我在望遠鏡頭中，把她分成了兩個。她的身體和她的行爲。當然在通常的世界裡，是依靠身體動作而產生行爲，對吧？不過被擴大的世界卻不是這樣。她的身體是她的身體，她的行爲是她的行爲。一直盯著看之下，逐漸覺得她的身體只是單純的在那裡，而她的行爲卻好像從鏡頭畫面外側進來的似的。這麼一來不禁令人開始思考她到底是什麼？行爲是她的？還是身體是她？而那正中央則完全缺落。而且說得明白一點，無論從身體來看或行爲來看，像這樣片段式地看著時，所謂人的存在絕不是有魅力的事。」

說到這裡他暫時結束話題，又追加點了啤酒，然後倒進我的玻璃杯和他自己的玻璃杯裡。他喝了一口或兩口啤酒，然後似乎暫時在沉思似地落入沉默。我雙臂交抱等他繼續說下去。

「進入九月之後，我在學校的圖書館和她迎面碰個正著。她曬得黑黑的看起來非常有活力。是她先開口向我打招呼的。我不知道應該怎麼辦才好。她的乳房啦、陰毛啦、她每天晚上睡覺以前所做的體操啦、排列在她衣櫥裡的她的洋裝啦，這些各種片段忽然一古腦地湧進我的頭腦裡來。簡直就像被人家猛力推倒在泥濘滿地的地上，臉還被拚命往泥沼裡壓下去似的，那種感覺。腋下開始冒出汗來。感覺非常不愉快。這種感覺方式是不公平的，雖然明知如此，但我卻一點都沒辦法。『好久不見了。』她說，『大家都好擔心呢，因為一直都沒看到你出現。』於是我說『我生了一場病，不過現在已經好了。』她說，『你這麼一說看起來好像瘦了一點。』我反射式地用手摸摸自己的臉頰。我那陣子確實好像比平常瘦了大約三公斤或四公斤。然後我們站著談了一會兒。不外誰在做什麼，誰怎麼樣了之類不痛不養的話題。在那之間我卻正在想著她右脇腹部有一塊黑斑。還有當她要穿完全貼身的衣服時，用一大件束腹把腹部和臀部縮緊。她問我吃過午飯沒有。其實我還沒有吃，卻回答她已經吃過了。而且反正也沒什麼食慾。那麼要不要喝茶啊？她說。我看看手錶，說非常遺憾我和朋友約好要借筆記影印。於是我們就這樣分手。我已經渾身都汗濕了。非常黏黏膩膩的，氣味令人厭惡的汗。因此我不得不到體育館沖個澡，並換上在大學福利社買的新內衣。自從那次之後，我立刻停止再去社團，從此以後也幾乎沒再碰到過她了。」

他點上一根新的香煙，味道好像很香似地吐出煙來。「就是這麼一回事。實在不是什麼值得公開宣揚的事。」

「然後你還繼續住在那間公寓嗎？」我試著問他。

「對了，我還一直住到那年年底。不過已經停止再偷看了。望遠鏡頭也還給我父親。簡直就像附身的邪魔忽然脫落了似的，那種慾望已經消失不再存在。我有時候到了晚上會坐在窗邊，眺望棒球場對面看得見她公寓的微小燈光，呆呆地讓時間溜過。微小的燈光是一件非常好的東西。我每次從飛機窗口往下看地上的夜景時都會這麼想。微小的燈光是多麼美麗而溫暖啊！」

他嘴角一直浮現著微笑，就那樣抬起眼睛看著我的臉。

「我到現在都還清清楚楚記得最後一次和她談話時，那汗的黏黏膩膩的感觸和令人厭惡的氣味。而且我想那種汗以後我是再也不願意領教了。我是說如果可能的話。」他說。

獵刀

海面上，有兩個像平平的浮島一樣的大浮標，橫著並排在水面。從海灘邊緣到那大浮標，有自由式手划五十次，浮標與浮標之間有手划三十次的距離。對於游泳來說，是個相當良好的距離。

一個浮標的大小，以房間來說，相當於榻榻米六疊左右，那看起來就像兩個雙胞胎冰山，分別飄浮在海上一樣。水是非常的，簡直可以說是近乎不自然的清澈，從水面往下看時，連維繫和固定那兩個浮標的粗鏈子，和先端的混凝土錘石，都看得一清二楚。水深大約五公尺到六公尺左右吧。由於波浪並不大得可以稱得上波浪的程度，因此浮標幾乎都不會搖動，簡直就像被長長的釘子牢牢釘進海底似的，動也不動。浮標的側腹部裝了一個梯子，表面上全面緊密地鋪上綠色的人工草皮。

站在浮標上往海岸的方向眺望時，長長地往橫向伸展的白色沙灘，漆成紅色的救生員瞭望台，和一列排開的椰子樹的綠葉，都可以一覽無遺。其實是相當不錯的景觀，只是總覺得好像風景明信片一樣。不過因爲這是眞實的，所以也就沒得挑剔了。眼睛沿著海岸線一直再往右邊順著望下去，沙灘消失，開始出現粗粗黑黑岩礁的那一帶，看得見我住的鄉村別墅式旅館。旅館是白牆壁的兩層樓房，屋頂顏色是比椰子樹葉稍微深一點的綠。季節是六月末，距離旅遊旺季還有一段時間，因此海邊只有數得出來的人影。

浮標上空是軍用直昇機飛往美軍基地的通過路線。他們從海面筆直飛來，通過兩個浮標正中央，再越過椰子樹行列往內陸方向飛去。睜大眼睛仔細看的話，是連飛行員的臉都幾乎看得見的低空飛行。機身是滿沉重的橄欖綠色調，鼻尖則往前突出像昆蟲觸角一樣筆直的雷達天線。不過除了這軍用直昇機飛來之外，這海岸眞的像快睡著了似的，寧靜而和平。

我們的房間在兩層樓鄉村別墅的一樓，窗戶面臨海岸。窗戶下方盛開著很像杜鵑花的紅花，在那對面則看得見椰子樹。庭院的草皮修剪得漂亮平整，自動噴泉灑水器搖著頭形成扇形，並一面咔噠咔噠發出令人想睡覺的聲音，一面整天朝四周圍噴水。窗框是被太陽曬得恰到好處的綠色，威尼斯百葉窗簾是稍稍混了點綠的白色。房間牆上掛著兩幅高更的大溪地畫。

這棟鄉村別墅分爲四個房間。一樓兩個房間、二樓兩個房間。我們隔壁房間住著母子兩人。他們兩人似乎在我們住進來之前，就一直住在那裡了。我們剛到這旅館的第一天，正在櫃檯辦住宿手續，領鑰匙，讓服務生搬行李的過程中，那兩位安安靜靜的人，就面對面坐在門廳厚厚的沙發上，攤開報紙正在閱讀。母親和兒子手上都各自拿著一份報紙，眼睛從報上的這個角落移到那個角落，簡直像要把固定的時間，以人工方式拉長似的。母親五十幾歲將近六十歲，兒子和我們年齡相近，大約二十八或二十九。兩人臉都屬於修長形而額頭寬闊，嘴唇總是緊閉成一條線。長得相貌如此相像的母子，我還從來沒見過。母親以那個年代女性來說，身材高得令人吃驚，背脊伸得筆直，手腳動作也敏捷俐落。兩個人看起來都令人感覺像是手工優異的定做西裝一樣。

從兒子的身體骨架推測，可能也和母親一樣身材很高，不過我不知道實際上到底有多高。因爲他一直坐在輪椅上一次也沒站起來過。每次都由母親站在後面，推著那輪椅。

一到晚上，他就從輪椅移到沙發上，在那兒吃著服務生特地送到房間來的晚餐，然後就似乎看看書或做點什麼度過時間。

房間裡當然有冷氣，不過那對母子卻始終把開關關掉，讓入口的門一直開著，任涼爽的海風吹進來。我們推測冷氣的風可能對他的身體不好。因爲我們出入房間都必須通過他們的門口，因此每次都難免會看到他們的影子。雖然門口掛著門簾似的布幕，多少可以發生一點遮擋眼光的作用，可是大概的輪廓依然總是難免映入眼裡。他們兩人老是面對面坐在沙發上，手上拿著書或報紙或雜誌之類的。

他們眞的是沉默寡言。他們房間經常總是像博物館般靜悄悄的，也沒聽過電視聲音，倒是靜得連冰箱馬達的聲音都似乎可以聽見。只有兩次聽到收音機的聲音。一次是有單簧管的莫札特的室內樂，另外一次是我所不知道的管弦樂曲。我想很可能是現代德國作曲家理查史特勞斯（Richard Strauss）或這類的音樂，不過我不太確定。然而除了這之外，眞的是靜悄悄的。這與其說是母子，倒不如說是老夫老妻住的房間還來得恰當一些。

在餐廳、門廳、走廊或庭院的散步道上，我們經常和這對母子碰面。本來這就是一個規模小巧而雅致的旅館，加上旺季之前旅客人數還少，所以就算不願意還是難免要互相碰面。每次一碰面，我們也不知道是誰先主動就開始互相點頭微笑。母親和兒子的點頭方式有一點不同。兒子這方面只是下顎和眼睛稍稍動一下程度的輕微點頭微笑。而母親那方面則是相當中規中矩的點頭微笑。然而不管怎麼說，從他們的點頭微笑所得到的印象卻好像是同樣程度的東西。那是從點頭微笑開始，到點頭微笑結束，再下去什麼也沒有了。

我們在旅館餐廳和那對母子即使坐在隔桌，也沒有開口說過話。我們談著我們兩個人的事，那對母子則談著他們母子的事。我們談著要不要生孩子、搬家、貸款、工作和未來之類的事。對我們來說，那是二十幾歲的最後一個夏天了。他們母子到底在談一些什麼我就不知道了。他們大多很少開口，而且就算開口聲音也非常小——簡直像用讀唇術交談似的——我實在沒辦法聽出那內容來。

而且他們眞的是非常安靜地，像在處理容易破碎的東西一樣小心翼翼、靜悄悄地用餐。連刀子、叉子、湯匙的聲音，都幾乎聽不見。有時候甚至不免要覺得他們的一切似乎只是幻覺一場，好像只要回頭一看，後面的那桌就會完全消失無蹤似的。

用過早餐之後，我們每天都帶著冰盒到海灘去。我們身上抹了防曬油，躺在沙灘墊子上作日光浴。而在那之間，我一面喝著啤酒，一面用卡式錄音機聽滾石或 Marvin Gay ，她則重新再看一次文庫本小說《飄》。太陽由內陸方向露臉，再和直昇機採取相反路線往水平線沉下去。

每次一到大約二點左右，推輪椅的母子就會來到海灘。母親穿著清清爽爽而色調樸素的半袖洋裝和皮涼鞋，兒子則穿著夏威夷襯衫或POLO襯衫和寬鬆的棉質長褲。母親戴著白色寬邊草帽，兒子沒載帽子卻戴著深綠色雷朋太陽眼鏡。兩個人坐在椰子樹葉的陰影下，沒做什麼只是一直望著海。樹葉的陰影移動之後，他們也跟著移動一點。兩個人帶著攜帶用的銀色水壺，偶爾從壺裡倒飲料到紙杯裡喝。不知道喝的是什麼。此外他們有時候也吃一些類似鹹餅乾之類的東西。

兩個人有時只待了三十分鐘左右就不知道去哪裡了，有時一連三小時都一直待在那裡。我在游泳的時候，偶爾覺得他們的視線在我身上。由於從浮標一帶到椰子樹行列之間有相當一段距離，因此那很可能只是我的錯覺，不過當我爬到浮標上，眼睛往椰子樹葉的陰影看時，覺得他們確實是往我這個方向看的。他們的銀色水壺有時看來像刀子一般閃閃發光。我趴在浮標上漫不經心地望著他們的時候，曾經好像逐漸喪失距離的平衡感似的。覺得只要稍一伸手，他們的手就可以碰到我的身體似的。而自由式手划五十下的冷水，感覺上也變成毫無一點意義的存在。爲什麼會這樣覺得呢？我自己也不太明白。

那些日子，就像流過高空的雲一樣，悠悠地飄過。一天與一天之間，並沒有特別明顯的特徵可以清晰地區別。太陽昇起、太陽落下、直昇機飛過天空、我喝啤酒、游泳。

離開旅館的前一天下午，我做了最後一次游泳。由於妻在睡午覺，所以只有我一個人游。因爲是星期六，所以到海邊的人比平常多了一些，不過雖然如此海灘依然很空。有幾組男女躺在沙上日光浴，有帶著小孩在海浪起落的岸邊玩水的，有幾個在距離岸上不怎麼遠的地方練習游泳的。一群像是從海軍基地來的美國人，在椰子樹之間綁上繩子，玩起沙灘排球。個個都曬得黑黑的、個子很高、頭髮剪得短短的。所謂軍人，任何時代長得都一樣。

放眼望去、兩個浮標上面看不見一個人影。太陽高高的，天空一片雲也沒有。時針雖然已經繞過二點，卻還沒看見推輪椅的母子出現。

我讓腳泡在水裡，朝著海的方向一直走到水深達到胸部一帶爲止，然後向著左側的浮標開始用自由式游起來。肩膀力量放鬆，準備讓整個身體泡在水裡，慢慢地游。沒有任何需要急的理由。右手從水裡提起來再筆直伸向前方，然後左手提起來伸出去。隨著左手伸出去的同時，抬起臉來，把新鮮的空氣，送進肺的深處。水一濺起來，就被陽光染成白色。一切的一切都在我四周閃閃發亮。就像平常一樣，我一面數著手划的次數一面游。數到四十之後，眼睛抬起來一看，浮標就在前面一點點。然後再划十次，我的左手尖端便碰到浮標的側板。就像每次一樣的正確。我暫時保持那個姿態浮在海面，調整了呼吸之後，才抓住梯子走上浮標。

浮標上意外地已經有人先到了，是一位金髮非常胖的美國女人。記得從海灘上眺望時，浮標上好像並沒有看見人，不過或許因爲她正躺在浮標最遠的一端，眼睛不容易發現也說不定。或者當我看的時候，她正好在浮標後面一帶游泳也說不定。不過不管怎麼說，她現在正趴著躺在浮標上。她身上穿著像經常插在田裡飄揚著，讓人注意灑過農藥的旗子一般的紅色小比基尼游泳裝。因爲她眞的是胖得圓滾滾的，因此比基尼看起來比實際還要小，可能才剛剛到這裡來游泳不久，所以皮膚還像信紙一樣白。

我一面讓身上的海水滴落，一面登上浮標時，她稍微抬起眼睛看看我的樣子，然後重新閉上眼睛。我在她躺著的相反一邊的盡頭坐下來，把兩隻腳的先端泡在水裡，望著海岸的風景。

椰子樹下，依然看不見母子的影子。不只是椰子樹下，其他任何場所，也沒有他們的影子。不管他們在海岸的任何地方，他們那絲毫沒有污點的銀色輪椅，都躲不過任何眼睛。讓人不可能看漏。因爲他們總是像蓋章似的一到兩點一定會出現在海岸，因此看不到他們的影子，使我覺得似乎有點手足無措。習慣這東西眞是不可思議。只不過少了一點點要素而已，就覺得自己彷彿被世界的一部分所遺棄了似的。

或許這兩個人已經退了房間離開旅館，到什麼地方——任何地方都行——回到他們原來存在的地方去了。不過剛才午餐時間在旅館餐廳碰面時，還看不出他們有任何這種意向。兩個人花了很長時間吃著「今日的午餐」，餐後兒子喝了冰紅茶，母親吃了布丁。看來並不像吃完立刻就要回去整理行李的樣子。

我和她以同樣的姿勢趴下來，耳朵一面傾聽著微弱的波浪拍打浮標側板的聲音，一面讓身體曬了十分鐘左右。眼睛看得見白色海鳥就像用尺量著在空中畫線一樣，筆直地朝陸地的方向飛去。滲進耳朵裡的水滴，被陽光曬過之後，可以感覺到逐漸變熱起來。強烈的午後日光，變成無數的針，降落到海上、陸上。身上沾濕的海水蒸發乾了之後，立刻又冒出汗珠蓋滿了全身。

我受不了這炎熱，抬起頭來時，那女的已經坐起身，雙手搭在膝蓋上望著天空。她跟我一樣渾身上下全是汗。小小的紅色比基尼泳裝緊緊貼在她鼓起的白皙肉上，圓形的汗珠，像一群微小的蟲子包圍著捕獲的獵物一般，覆蓋著她的全身。腹部周圍附著一圈像土星的圓環般的脂肪，連手腕和腳腕的凹痕都似乎眼看著就要消失了似的。她看起來比我大幾歲。其實可能差距沒那麼大，也許頂多只差兩、三歲。

女人胖的模樣並沒有給人不健康的印象。臉上容貌也不錯。只是肉長得太多了而已。就像磁石吸附鐵屑似的，脂肪極自然地附在她身體周圍。她的脂肪由耳朵緊下方開始，畫出一道和緩的斜線順著肩膀而下，就那麼直接連到手腕的隆起部位。簡直像米其林輪胎招牌上的輪胎人一樣。她那種胖的方式，令我想起某種宿命性的東西。世上所存在的一切傾向全都是宿命性的病態。

「好熱噢？」女人從對面的盡頭用英語向我開口。就像大多胖女人一樣，聲音略帶著甜美感覺的高音。很少碰到說話聲音低的胖女人。不知道為什麼。

「眞的好熱。」我回答。

「嗨，你知道現在幾點嗎？」女人問。

我並沒有什麼特別含意地，眼睛望向海灘然後說「大概兩點三十分或四十分左右吧。」

「噢！」女人不太起勁地應著。然後以手指像用小竹片一樣，把附在鼻頭和隆起的兩頰上的汗擦掉。我覺得時間是幾點這種事情，對她來說似乎並沒有什麼關係。只是想要隨便問一點什麼罷了。而因爲時間是一種純粹獨立的存在，可以像那樣獨立地去處理它。

以我來說，也覺得差不多想跳進涼快的水裡，游向另一個浮標的時候了，可是又不願意讓她覺得好像要逃避和她談話似的，於是決定等一下再游。我依然坐在浮標盡頭，等她開始說話，坐著不動，汗水便滴進眼睛裡去，那鹽分使得眼球刺刺地痛起來。陽光曬得肌膚綳緊，好像全身到處都要裂開了似的。

「每天都這麼熱嗎？」她問我。

「是啊。一直都是這樣。今天完全沒有雲，所以自然就更熱了。」我說。

「你在這裡很久了吧？看你曬得好黑呀。」

「大概九天吧。」

「真的曬得好厲害呀。」女人好像很佩服似地說。「我是昨天傍晚才剛來的。到的時候正好下了一陣雨好涼快，沒想到居然會變成這麼熱。」

「太急著曬太陽，以後身體會有得好受噢。最好每隔一段時間就回到陰影下去。」我說。

「我住在軍眷專用的度假別墅。」她無視於我的忠告接著說，「我哥哥是海軍軍官，問我要不要來玩。當海軍也不錯噢。既不愁沒飯吃，招待又好。我學生時代越戰打得正兇的時候，家裡有人是職業軍人都覺得臉上無光呢，這個世界變得好快啊。」

我含糊地點點頭。

「說到海軍，我以前的丈夫也是從海軍退下來的。海軍的航空隊，噴射機飛行員。嗨！你知道聯合航空公司嗎？」

「知道啊。」

「他從海軍退下來以後，就在那裡當飛行員。我那時候在當空中小姐，所以我們就戀愛、結婚了。那是一九七——幾年呢？總是大概在六年前左右吧。不過這也是常有的事。」

「會這樣嗎？」

「對呀。航空公司在飛機上的工作人員，因爲服勤時間都很混亂而不規則，所以總是會跟同事混在一起。而且工作性質跟一般人不一樣，一些關心的事情和習慣也有點不一樣。所以當我結了婚辭掉工作之後，他又和別的空中小姐好起來了。這也是常有的事噢。飛行員從這個空中小姐到那個空中小姐，一路換。」

「現在住在哪裡？」我把話題改變。

「洛衫磯。」女的說，「你去過洛杉磯嗎？」

「NO。」我說。

「我是生在洛杉磯的。後來因爲父親工作上的關係，搬到鹽湖城去。你去過鹽湖城嗎？」

「NO。」我說。

「那種地方沒什麼好去的。高中畢業以後我到佛羅里達上大學，大學畢業以後，到紐約去，結婚以後住舊金山，然後離婚以後再搬到洛杉磯。結果又回到了出發點。」她這樣說完搖搖頭。

我從來沒看過像她這麼胖的空中小姐，因此覺得有點怪怪的。要是像摔角選手一樣體格健壯的空中小姐，或手腕很粗，稍微長有薄薄口髭的空中小姐倒是看過幾次，然而胖嘟嘟的空中小姐卻又另當別論了。不過或許聯合航空公司對這些並不在意。或者當時她比現在瘦多了也不一定。我推測她如果瘦下來的話應該是相當有魅力的。也許她結婚不飛以後，就急速地像飛行船一樣開始胖起來。她的手臂和腳簡直就像誇張的天眞藝術派人像畫一樣白白胖胖地膨脹著。像這樣的胖法，感覺不曉得怎麼樣？我試著去想像。不過因爲太熱，我幾乎什麼也沒辦法思考。世上竟然也有適合於想像力的氣候和不適合的氣候。

「你住在哪裡？」女人問我。

我指給她看我住的鄉村別墅。

「一個人來嗎？」

「不。」我搖搖頭。「和我太太一起。」

女人嫣然一笑，頭歪了一下。

「蜜月旅行？」

「結婚六年了。」我說。

「哦？」女人說，「眞看不出你有這個年齡。」

我有些不自在起來，變換了一個姿勢，眼睛再度望向海灘。漆成紅色的瞭望台上依然不見一個人影。由於游泳的人數很少，因此那個當救生員的年輕人很無聊，動不動就不知道跑到哪裡去。他不在以後上面就掛起一塊「救生員不在，請各自負責小心游泳」的牌子。救生員是個曬得黑漆漆的沉默年輕人。第一次到這海灘來時，我試著問他「這一帶有沒有鯊魚？」他沉默地看了我的臉一下，然後兩隻手攤開約八十公分左右讓我看。表示「如果有也只有這麼小吧。」於是我便放心地一個人游起來。

依然沒看見推輪椅的母子出現。他們平常坐在長椅子，有一位穿著白色短袖襯衫的老人坐著看報紙。那些美國人還在繼續玩著排球。海水起落的沙灘邊緣，有一些幼小的孩童在堆沙堡，或互相潑水戲耍。那周圍的海浪化成細小的泡沫紛紛碎掉。

海面終於出現了兩架橄欖綠色的直昇機，簡直就像希臘悲劇裡傳送重大訊息的特使一般，從我們頭上沉重地隨著一陣轟隆聲通過，往內陸方向消失而去。在那之間我們默默目送著那巨大的飛行體遠去。

「嗨！像那樣從空中往下看我們，我想我們的樣子看起來一定很幸福吧？」女人說，「非常和平、快樂，又好像什麼也不想。就像，對了……像家庭照片一樣。你不覺得嗎？」

「也許是吧。」我說。

然後我趁著一波海浪起落的適當時機，和她告別，跳進海裡，游到岸邊。我在游著的時候，一直想著冰盒裡冰涼的啤酒。途中暫停下來回頭探望浮標的方向，她正向我揮著手，我也輕輕舉起手來。從遠處看，她好像眞的海豚一樣。甚至覺得她就要長出鰓來，回到海底去了呢。

回到房間，睡了短暫的午覺，到六點便和平常一樣在餐廳吃晚飯，但卻沒看見母子兩人出現。從餐廳回房間時，他們的房間和平常不同，是緊閉的。雖然從門上鑲的毛玻璃小窗，可以看見房間的燈光透出來，我卻無法判斷他們母子是否仍然住在裡面。

「那兩個人是不是已經搬走了？」我試著問妻。

「不曉得啊，我沒注意到。本來他們就很安靜，沒特別去留意。所以不知道。」她一面折疊著洋裝，往皮箱裡放，一面沒什麼興趣似的說，「怎麼呢？」

「沒什麼，只是兩個人都沒有出現在海灘，很稀奇，所以才這麼想。」

「那也有可能噢，或許已經搬走了。因爲他們好像已經在這兒住很久了。」

「對呀。」我說。

「每個人遲早都要離開的。總不能永久一直繼續過這樣的生活吧。」

「說得也是。」我說。

她把皮箱蓋子蓋上，把它放在門旁邊。皮箱就像什麼東西的影子似的，安靜蹲在那裡。我們的休假終於快要結束了。

我醒來時，立刻看看枕邊的旅行鬧鐘。上了綠色螢光漆的指針，正指著一時二十分。我之所以醒來，是由於忽然一陣異常激烈的悸動。整個身體簡直就像被什麼搖撼著似的。我一看心臟一帶，胸部的肌肉居然一抽一抽地微微抖顫著，就連夜晚，眼睛都能看得清清楚楚。對我來說，這是第一次的經驗。我向來心臟特別強壯，脈搏次數也比一般人少多了。平常喜歡運動，從來也沒生過病。因此像這樣，好像什麼病要發作似的，胸部突然悸動，應該是不會發生的。

我從床上起來，盤腿坐在地毯上，背脊伸得筆直，深深吸氣，然後吐氣。肩膀力量放鬆，把注意力集中在肚臍一帶。雖然像是讓身體柔軟的肌肉伸展運動，不過連做幾次之後，悸動稍微減弱了，終於消退到和平常一樣，不特別去注意就沒有感覺的模糊而微小的起伏程度。

可能是游泳游過頭了，我想，加上強烈的日照，還有疲勞的累積——這些事情一連串加在一起，使我的身體瞬間發生脫序現象。我靠在牆邊把腳筆直伸出去，手腳往各個方向緩緩試著移動，沒有任何地方異常。心臟的鼓動也完全恢復平常的狀態。

雖然如此，在鄉村別墅式度假旅館的地毯上，我依然不得不想到，自己已經度過青年期，是一個身體正繼續邁向體力退潮過程的人了。雖然我確實還年輕，但這種年輕，已經不能算是毫無陰影的年輕了。關於這點，我一向去看慣的牙醫，前幾星期才剛指出過，他說以牙齒而言，今後只有繼續磨損、動搖，然後，最後是拔掉的過程而已，請牢牢記住，你能做的只是稍微讓這些延後而已，沒辦法防止，只能延後。

在從窗口照進來的白色月光下，妻正睡得沉沉的。簡直像死掉了一樣，絲毫沒有一點聲息。她向來大多是這樣睡的。我把被汗水濕透的睡衣脫掉，換上新的短褲和T恤襯衫。然後把桌上放著的野火雞牌威士忌袖珍瓶塞進口袋，小心避免吵醒妻，悄悄打開門走了出去。夜晚的大氣涼颼颼的，地面飄著一層霧靄般的濕草葉的香氣。我覺得好像站在一個巨大的空洞的底部一樣。月光把花瓣、大片的葉子、庭園的草坪染成和白天截然不同的顏色。就像透過濾色鏡看世界一樣，有些東西比實際上明亮鮮豔，而有些東西卻喪失了生氣，沉進灰色裡去。

不覺得睏，好像從最初開始，睡意本來就不曾存在過似的，我的意識如同冷卻的陶器一般清醒。我沒什麼特殊目的地慢慢繞了度假別墅一圈。周遭靜悄悄的，除了海浪之外，沒有其他聲音傳進耳裡。連那海浪的聲音。如果不站定下來側耳細聽，都不很清楚。我停下腳步，從口袋掏出威士忌酒瓶，就那樣用嘴含著瓶口喝起來。

繞完度假別墅一周之後，我試著從月光下看來像覆蓋著一層冰的圓形水池般的庭園草地正中央，一直線橫越過去。然後沿著高及腰部的矮樹叢走，再踏上小小的階梯，來到熱帶風味的庭園酒吧。我每天晚上，都會在這裡喝兩杯伏特加東尼的，不過現在當然已經打烊。亭台式雞尾酒吧的鐵門已經拉下，院子裡只見一打左右的圓桌散佈著。桌上筆直收攏的遮陽傘，看來就像那羽翼收斂的巨大夜鳥一樣。

坐輪椅的青年一隻手肘放在那樣的桌上，正獨自一個人望著海。輪椅的金屬吸了滿滿的月光，閃著像冰一般的白光。從遠處看來，簡直就像特別為夜晚裝設的具有特殊目的的精密金屬機器。車輪的輻條彷彿異樣進化的怪獸的牙齒般，在黑暗中發出不祥的光芒。

這是第一次看到他獨自一個人出現。因爲我已經變得極自然地把他的形影和他母親的形影聯想成一體，因此看見他孤伶伶一個人，那種感覺實在非常奇怪。甚至好像覺得目擊這樣一個光景本身，竟是一種失禮的行爲似的。他穿著和平常一樣的橘紅色夏威夷衫，和平常一樣的棉布褲子。而且渾身上下動也不動一下，就以那樣的姿勢，一直凝神注視著大海。

我不知道該怎麼辦，稍微猶豫了一下，終於拿定了主意，爲了避免驚嚇他，盡量從能夠進入他視野的方向，慢慢往他那邊走近。當我走到距離他二、三公尺的時候，他臉轉向我，並像平常一樣地跟我點頭微笑。

「晚安。」我以適合夜深人靜的微小聲音說。

「晚安。」他也以微小聲音回應我的招呼。

我從他隔鄰那桌拉出一張庭園椅，在那椅子上坐下。然後眼睛望向他正在眺望的大致相同的方向。海岸好像被分成兩半的鬆餅斷面一樣，粗糙凹凸尖銳而低矮的岩岸一直往兩邊延伸出去，不太大的海浪正在那岩岸起伏波動。海浪在岩礁之間濺起纖細花邊似的白色水花，然後又再退下。那花邊的形狀有時候會有微妙的變化，但好像以海浪的大小本身為尺度量好了似的，每次都相同。就像時鐘的鐘擺一樣單調而憂鬱，不怎麼有特徵的海浪。

「今天在海邊沒看見你。」我越過桌子試著開口說。

他雙手交叉放在胸上，轉向我這邊。

「噢，是的。」他說。

然後他沉默了一會兒，靜靜地呼吸著，就像睡著了似的那種呼吸法。

「我今天一直在房間裡休息。」他說，「其實，是我母親不舒服。不過說不舒服，並不是身體不舒服，那個，並不是具體的不舒服。應該說是，精神上的，或者該說是神經性的吧？神經亢奮。」

他這樣說完，便以右手中指的指腹摩擦了幾次臉頰。雖然已經是半夜了，但他臉頰上並不見鬍鬚長出的形跡，而像陶器一般光滑而細致。

「不過，已經沒事了。母親現在已經安穩地睡著了。她的情況跟我的腳不一樣，只要睡一覺起來就好了。當然並不是說完全治好，只是暫時的，在現象上是好了。到了早上精神就復元了。」

大約二十秒，三十秒，或一分鐘，他就那樣閉著嘴。我把原來在桌下交叉蹺著的兩腿分開，準備在適當時候離開。我覺得自己的生活好像總是隨時在找適當時候準備離開似的。大概是個性上的關係吧。然而在我開口之前，他又開口講起來。

「不過提到這種事情一定很無聊對嗎？」他說，「對健康的人談生病的話題，實在是不通人情吧。」

「沒這回事。」我說，「世上找不到任何毫無瑕疵沒一點毛病的健康人。」我這麼說之後，他輕輕點頭。

「神經方面的毛病，表現出來的方式說來也有千差萬別。原因只有一個，結果卻有無數。就像地震一樣。放出來的能量，質雖然相同，但由於發生場所的不同，地層表面所呈現的現象也就截然不同。也許生出一個島來，也許讓一個島沉進海裡去。」

他打起呵欠來，然後打完呵欠便說「抱歉。」

他看起來非常疲倦，好像就要睡著了似的，因此我試著勸他是不是該回房去休息比較好。

「不，請不要介意。」他說，「也許看起來我很睏，其實我一點也不睏。我一天只要睡四小時左右就夠了，而且只有快天亮時才睡得著。所以平常這個時候，我大概都在這裡，呆呆坐著，請別在意。」

他說完便拿起桌上一個義大利葡萄酒品牌Ginzano的煙灰缸，像是什麼非常珍貴的東西似的一直凝視著。

「我母親的情況，怎麼說呢——神經一旦亢奮起來，臉的左半邊就會漸漸僵硬，變冷——嘴巴和眼睛都不太能動。說奇怪也眞是奇怪的症狀。不過請不要把那想得太嚴重。那並不會直接和什麼致命的事情有關，只不過是一種症狀而已，睡一覺就好了。」

我點點頭。

「還有，請別讓我母親知道我跟你提過這件事。她非常討厭人家談起她自己的身體的事情。」

「當然，」我說，「而且我們明天早上就要離開這裡，所以我想也已經沒有機會談話了。」

他從口袋掏出手帕來擤鼻子，手帕放回原位之後，就像要尋思什麼事情似的，一直閉著眼睛。而那簡直像曾經一度外出現在又回來了似的沉默，則持續有一會兒。我想像他的心情可能是忽而上昇忽而下降吧。

「這麼一走好冷清噢。」

「很遺憾，可是有工作在等著呢。」

「不過有地方可以離去也不錯啊。」

「那要看是什麼樣的地方。」我笑著說。「你在這裡住很久嗎？」

「兩星期——左右吧。雖然不知道確實是第幾天，不過大概是這樣吧。」

往後還會住很久嗎？我試著問。

「大概吧。」他說，輕輕左右搖搖頭。「一個月或兩個月，看情形。我也不知道——因爲坦白說，不是我決定的。我姊夫擁有很多這家旅館的股份，所以我們可以很便宜地住在這裡。我父親經營一家磁磚公司，而那位姊夫事實上接管了這事業。老實說，我並不怎麼喜歡這姊夫，不過這種家族關係，卻由不得自己選擇。而且並不能說因爲我討厭他，就表示他眞的是個令人討厭的人。不健康的人，往往有變得器量狹小的傾向噢。」

他這麼說完，又閉上眼睛。

「總之他生產了很多磁磚。是那種住宅大廈玄關所用的高級磁磚。此外還擁有很多各種公司的股份。簡單一句話，他是能幹的。我父親也一樣。換句話說，我們——我是指我們家族而言——健康的人和不健康的人，有效率的人和無效率的人之間，劃分得很清楚。所以結果變成除此之外，能夠稱得上區別基準的東西，目前還不很明瞭。健康的人製造磁磚，妥善理財，逃稅，來養活不健康的人。以系統來說，那機能性本身，倒是組合得相當好噢。」

他笑著把煙灰缸放回桌上。

「一切都決定好了。你到那邊住一個月，這邊住兩個月，所以我就像下雨一樣，一會兒到那邊，一會兒到這邊。說得正確一點，是我和我母親。」

說到這裡，他又打起呵欠，眼睛轉向海岸。海浪依然機械化地在岩礁旁湧起落下。白色的月亮高高浮在海的上空。我想知道是什麼時間，眼睛望向手腕，結果沒戴手錶。我忘了放在房間的床頭櫃上了。

「家族這東西實在很奇妙。不管相處得好或者相處不好。」他瞇起眼睛，一面眺望著海一面說，「我想你也一樣有家庭吧？」

「可以說有，也可以說沒有。」我說，「沒有孩子的夫婦能不能算是家庭，我不太清楚。如果嚴格說起來，這只不過是在某種前提下的契約而已。」我這樣說。

「說的也是。」他說，「家庭這種東西本質上不能以它本身爲前提。否則這系統就無法產生機能了。在這層意義上，我就像一面旗幟一樣，很多事情可以說都圍繞著我這不能動的腳在運作。……我的意思你懂嗎？」

「我想我懂。」我說。

「缺陷朝向更高度的缺陷，多餘朝向更高度的多餘走，這就是我對那樣的系統的主題。德布西因爲自己歌劇作曲的遲遲沒有進展，曾經這樣表示過，『我日夜都在追逐她所創造出來的〔無〕』。我的工作說來也就是在創造那個『無』。」

他從此沉默不語，再度沉進他那失眠症式的沉默中。只有時間還多得是。他的意識在更遙遠的邊境徘徊之後再度回來，然而回來的點，卻和出發點看來有些偏離。

我從口袋裡抽出威士忌酒瓶放在桌上。

「要不要喝一點？不過沒有玻璃杯。」我試著說。

「不。」說著他微微笑了一下。「我是不喝酒的，水分也幾乎不怎麼攝取。不過你別客氣請自己一個人喝吧。看別人喝酒我倒並不討厭。」

我把威士忌從瓶中倒進嘴裡。胃暖和起來。我閉著眼睛，暫時吟味著那暖和的感覺。他從隔桌一直凝神注視著我那姿勢。

「我想問你一個也許有點奇怪的問題，你對刀子熟悉嗎？」他突然說。

「刀子？」我吃了一驚反問道。

「對，刀子。割東西的刀子。是一把獵刀。」

對於獵刀的情形我不太清楚，不過如果是不太大的露營用的刀子，或瑞士軍刀，我倒是用過。我答。不過當然不能因此就說對刀子具有詳細的知識。

我這麼說後，他用手一面轉著輪椅的車輪，一面靠到我這張桌子來，隔著桌子和我面對面。

「老實說，我有一把刀子，想請你幫我看一看。我在大約兩個月以前得到這把刀子，可是我對這種東西絲毫沒有一點知識，因此很想找一個人幫我看看，那到底是什麼程度的東西，如果不太麻煩的話，請你告訴我，只要大概就行了。」

沒什麼麻煩的，我說。

他從口袋裡掏出一個長約十公分左右的木片，把那放在桌上。一個弓形的曲線非常漂亮的淺茶色木片。放在桌上時發出咔噹一聲堅硬而沉重的聲響。是一把折疊式的小型獵刀。雖說是小型，不過卻是寬幅和厚度都相當有份量的好東西。所謂獵刀，至少都做得可以剝得下熊皮的程度。

「請不要想到奇怪的方面去。」青年說，「我完全沒有意思要用這東西去傷害別人，或傷害自己。只不過有一天，我忽然非常渴望能夠擁有一把刀子。也不知道爲什麼。或許在電視上或小說上看到過或讀到過有關刀子的事，不過這我也記不清楚了。總之，無論如何我很想擁有一把自己的刀子。於是我託了一個熟人幫我買了這把刀。是在一家體育用品店買的。當然沒讓我母親知道，除了那位熟人之外，沒有一個人知道，我隨時隨地口袋裡都放著一把刀。這是只有我自己知道的秘密。」

他從桌上拾起刀子，像要衡量一下那微妙的重量似的，放在手掌心一會兒，然後終於越過桌子交到我手上。刀子沉甸甸的滿重的。看起來像木片的地方，其實是金屬挖凹處，爲了防滑而表面鑲進了部分木片而已。刀子本身幾乎全是黃銅和鋼鐵製作成的。因此實際上比看起來重要得多。

「打開來看看刀刃吧！」他說。

我按著刀柄上方凹進去的槽溝，用手指拉開沉重的刀刃。隨著咔嚓一聲乾爽的聲音，刀刃便牢牢地固定好。刃全長約八至九公分左右。刀刃固定之後握在手上的感覺，不得不令我對那沉沉的重量再度感到吃驚。不只是重而已，那是一種簡直像要被掌心緊緊吸住的奇妙沉重感。稍微在手上試著上下左右適度揮動一下看看，便可以了解，由於刀子本身的重量，使得這掌握幾乎不會有閃失，刀子確確實實緊隨著手的運動而動。刀柄的曲線，可以說非常理想，既服貼又順手。即使用力捉緊它，也沒有絲毫不自然的感觸，而手指放鬆張開時，刀子依然好端端地留在手上。

刃的造形，也非比尋常。厚厚的鋼鐵被削得很順眼，腹部一帶好像打嗝般的畫了一道和緩的弧線，背部則爲了「戳刺」而刻有粗粗的凹痕，並附有觸目驚心的血溝。

我在月光下仔細檢視著，並試著輕輕揮動了幾次。這是一把設計意圖和用起來的感覺完全吻合的高級品刀子。切割起來的觸感想必也相當不錯。

「眞是一把好刀。」我說。「雖然詳細情況我並不很清楚，不過很順手，刃看起來很紮實，平衡感也好，眞是很氣派。以後只要經常好好擦點油，可以用一輩子。」

「以一把獵刀來說，會不會太小？」

「這樣就夠了，太大了反而不好使用。」

我把刀刃唰一聲折進去，還給他。他又重新把那刀刃拉出來，握手在手上很技巧地旋轉一圈，簡直像要雜技的似的，不過因爲刀子握在手上滿重的，所以也可以這樣。然後他像瞄準手槍一樣，閉上一隻眼睛，將刀子筆直地插向月光。月亮照得他的刀子和他輪椅鮮明地浮凸出來，簡直像穿破柔軟的肉凸出的白骨似的。

「你可以拿什麼東西割割看嗎？」他說。

因爲沒有拒絕的理由，所以我拿起那把刀子，在旁邊的一棵椰子樹幹刺了幾下，再斜斜削下樹皮。然後把游泳池畔一塊便宜的發泡海棉踢水板一刀切成兩半，切割的感覺乾淨俐落。

我一面割破眼前所能看見的東西，一面想起白天在浮標上遇見的白白胖胖的女人。覺得她那白皙而浮腫的肉體，好像疲憊的雲似的飄浮在空中。浮標、海、天空、直昇機，都喪失了遠近感，變成一片混沌，團團圍繞在我四周。我一面努力試著不要失去身體的平衡，一面安靜地、慢慢地讓刀子在空中游走。夜晚的大氣像油一樣滑溜。沒有任何東西阻止我的動作。夜深了，時間像柔軟而多汁的肉體一樣。

「我常常做夢。」青年說。他的聲音聽起來好像從某個深沉的洞穴底下湧上來似的。「夢見我頭腦裡面，一把刀子正斜斜往記憶的柔軟的肉裡插進去。並不覺得痛，只是插進去而已。然後很多東西便漸漸消失，最後只剩下一把刀子像白骨般留下來。這樣的夢。」

藍小說 919

迴轉木馬的終端

作　者—村上春樹
譯　者—賴明珠
主　編—鄭麗娥
編　輯—高桂萍
校　對—江韶文
董事長
發行人—孫思照
總經理—趙政岷
出版者—時報文化出版企業股份有限公司
10803台北市和平西路三段二四〇號三樓
發行專線—（〇二）二三〇六—六八四二
讀者服務專線—〇八〇〇—二三一—七〇五
（〇二）二三〇四—七一〇三
讀者服務傳真—（〇二）二三〇四—六八五八
郵撥—一九三四四七二四時報文化出版公司
信箱—台北郵政七九～九九信箱
時報悅讀網—http://www.readingtimes.com.tw
電子郵件信箱—liter@readingtimes.com.tw
法律顧問—理律法律事務所　陳長文律師、李念祖律師
印　刷—盈昌印刷有限公司
初版一刷—一九九九年五月二十四日
初版十六刷—二〇一三年五月二十七日
定　價—新台幣一六〇元
⊙行政院新聞局局版北市業字第八〇號

KAITEN MOKUBA NO DEAD HEAT
by Haruki Murakami

Originally published in Japan by SHINCHOSHA Publishing Co., Ltd., Tokyo.
Chinese (in complex character only) translation rights arranged with
Haruki Murakami, Japan
through THE SAKAI AGENCY and BARDON-CHINESE MEDIA AGENCY.

ISBN 957-13-2908-8
ISBN 978-957-13-2908-6
Printed in Taiwan

國家圖書館出版品預行編目資料

迴轉木馬的終端 / 村上春樹著；賴明珠譯. --
初版. -- 臺北市：時報文化, 1999 [民88]
面；　　公分. --（藍小說；919）

ISBN 957-13-2908-8（平裝）
ISBN 978-957-13-2908-6（平裝）

861.57　　88006530

編號：AI 919	書名：迴轉木馬的終端
姓名：	性別：＿＿＿＿ 1.男　2.女
出生日期：　年　月　日	身份證字號：

＿＿＿＿ **學歷：**1.小學　2.國中　3.高中　4.大專　5.研究所（含以上）

＿＿＿＿ **職業：**1.學生　2.公務（含軍警）　3.家管　4.服務　5.金融　6.製造　7.資訊　8.大眾傳播　9.自由業　10.農漁牧　11.退休　12.其他

地址：＿＿＿＿ 縣(市) ＿＿＿＿ 鄉鎮區 ＿＿＿＿ 村 ＿＿＿＿ 里

＿＿＿＿ 鄰 ＿＿＿＿ 路(街) ＿＿＿ 段 ＿＿＿ 巷 ＿＿＿ 弄 ＿＿＿ 號 ＿＿＿ 樓

郵遞區號 ＿＿＿＿＿＿

（下列資料請以數字填在每題前之空格處）

＿＿＿＿ **您從哪裡得知本書／**
1.書店　2.報紙廣告　3.報紙專欄　4.雜誌廣告　5.親友介紹
6.DM廣告傳單　7.其他 ＿＿＿＿

＿＿＿＿ **您希望我們爲您出版哪一類的作品／**
1.長篇小說　2.中、短篇小說　3.詩　4.戲劇　5.其他 ＿＿＿＿

您對本書的意見／
＿＿＿＿ 內　容／1.滿意　2.尚可　3.應改進
＿＿＿＿ 編　輯／1.滿意　2.尚可　3.應改進
＿＿＿＿ 封面設計／1.滿意　2.尚可　3.應改進
＿＿＿＿ 校　對／1.滿意　2.尚可　3.應改進
＿＿＿＿ 翻　譯／1.滿意　2.尚可　3.應改進
＿＿＿＿ 定　價／1.偏低　2.適中　3.偏高

您的建議／

＿＿＿＿＿＿＿＿＿＿＿＿＿＿＿＿＿＿＿＿＿＿＿＿
＿＿＿＿＿＿＿＿＿＿＿＿＿＿＿＿＿＿＿＿＿＿＿＿
＿＿＿＿＿＿＿＿＿＿＿＿＿＿＿＿＿＿＿＿＿＿＿＿

請沿虛線摺下裝訂，謝謝！

廣	告	回	信
台北郵局登記證			
台北廣字第2218號			

時報出版
CHINA TIMES PUBLISHING COMPANY
尊重智慧與創意的文化事業

地址：10803台北市和平西路三段240號3樓
讀者服務專線：0800-231-705．(02)2304-7103
讀者服務傳真：(02)2304-6858
郵撥：19344724 時報文化出版公司

請寄回這張服務卡（免貼郵票），您可以——
●隨時收到最新消息。
●參加專為您設計的各項回饋優惠活動。

無限馳騁藍色想像空間——無國界的小說新地帶。

藍小說

揮發感性筆觸；捕捉流行語調—湛藍的、海藍的、灰藍的……

寄回本卡，掌握藍小說系列的最新訊息